王子様と恋のレッスン
『や、あっ……』

卓也が身を捩るようにしてシーツに艶めかしい皺を作ると、アルベールが低く喉奥で笑ったのが聞こえた。

『卓也……わかってやっているのか？　中がひくひくとして、いやらしく俺を引き込もうとしているぞ』

『……そんなこと、言うなよっ……』

JN283566

王子様と恋のレッスン

真上寺しえ

15501

角川ルビー文庫

Contents

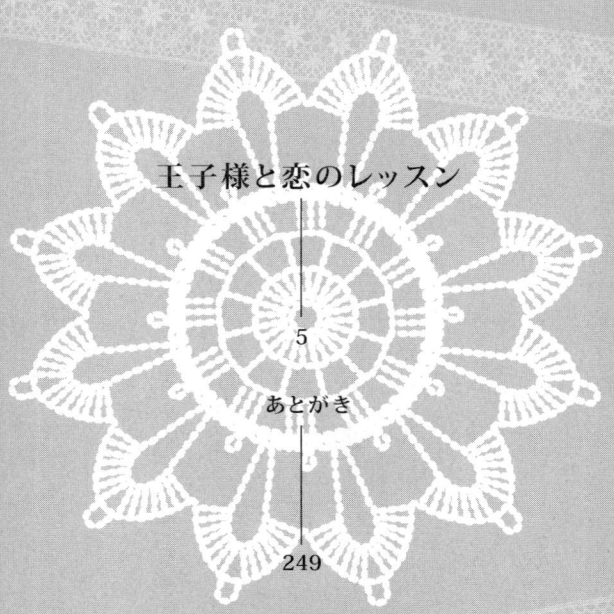

口絵・本文イラスト／タカツキノボル

……結婚式《けっこんしき》って普通《ふつう》、教会とかホテルとか、ちょっと変わったところでレストランとか、そういうところでやるんじゃないのか？

閑静《かんせい》な高級住宅街の奥深くに入り込んでしまうような道を歩きながら、水嶋卓也《みずしまたくや》は首を傾《かし》げ続けていた。

両脇《りょうわき》に立ち並んでいるのは、いかにもここが都心の一等地であると知らしめるような豪邸《ごうてい》ばかりである。卓也が住んでいる安アパートひと棟《むね》分と比べてもなお、比較《ひかく》にならないほど広大な敷地《しきち》が森のような植え込みや流麗《りゅうれい》な鉄柵《てっさく》などで穏《おだ》やかに護《まも》られている。

でも、地図を見ると、これで合ってる……よな……？

今日は、親友の結婚式に招かれているのだ。遅刻《ちこく》などしたら、洒落《しゃれ》にならない。

こんなことなら下見をしておけばよかったと、卓也は今さらながらに後悔《こうかい》した。

世間的には、この場所は、高級ブランドの旗艦店《きかんてん》が立ち並ぶことで有名な大通りから数本入っただけで、同じ年頃《としごろ》の若者であれば、行きづらくもなんともないらしい。

しかしもちろん、卓也にとっては、初めての場所だ。なにしろ、地味な理系の院生である上、ファッションとかお洒落とか、そういったことにはまったくもって興味が持てない人種なのだ。

今日身につけている黒いスーツだって、五年以上も前の大学の入学式に必要だからと、母親に無理やり買い与《あた》えられたものである。実家がある日本海沿岸の、のんびりしている田舎町《いなかまち》ではふさわしい店がないからと、わざわざ電車に乗って近くの大都市まで繰《く》り出してくれた。その気持ちが嬉《うれ》しかったし、別にからだに合わなくなったり、どこかが破れたわけでもない。一応、知識としては、スーツにも流行《はや》り廃《すた》りがあることは知っていたが、十分に着られるから一張羅《いっちょうら》として大切にして、学会や冠婚葬祭《かんこんそうさい》等は全《すべ》てこれで通している。

そうはいっても、結婚式ともなれば、親友にとって大切な日だ。友人席に座る自分があまりにもひどい格好だと、彼に迷惑《めいわく》がかかるかもしれない。

だから一応、最低限の身だしなみとして、評判の悪い寝癖《ねぐせ》をなんとか撫《な》で付けてきた。野暮《やぼ》ったいといわれる黒縁《くろぶち》眼鏡はどうしようもなかったけれど、ぴかぴかに磨《みが》いてきたからご容赦《ようしゃ》いただきたいところである。

……それはともかく、場所、このへんのはずなんだけど……。

招待状に同封《どうふう》されていた地図を確かめながら、卓也はきょろきょろとあたりを見回した。もう一度地図を眺《なが》め直して、角を曲がる。

するとそのとたんに視界が開け、卓也はその場に立ち竦《すく》んでしまった。

今まで想像すらしたことがなかったような、広大なお邸《やしき》が佇《たたず》んでいたからだ。

まるで深い森のような敷地は繊細《せんさい》で優美な鉄柵でぐるりと囲まれていたが、その合間から見え隠《かく》れする邸は遠目にも豪奢《ごうしゃ》で、まるで王侯《おうこう》貴族の館《やかた》のように見える。

そしてその入り口は、美しい鉄の門扉《もんぴ》が大きく開かれ、黒塗《くろぬ》りのハイヤーが次から次へと吸い込まれるように入っていった。その両側にはずらりと黒スーツで身を固めた男たちが並び、礼儀《れいぎ》正しく、しかし隙《すき》無く、それらをチェックしている。

ここ…じゃ、ないよな。さすがに。

しかし、手元の招待状を何度チェックしてみても、この邸を示しているように思える。

まさか……いや、でも。

卓也はさすがに逡巡《しゅんじゅん》したが、他《ほか》にそれらしき場所も見当たらない。

仕方なく、ためらいながらもセキュリティらしき黒スーツの男に声をかけることにする。

「あの……高川雅俊《たかがわまさとし》の結婚式は、こちらですか……？」

おそるおそるそうたずねると、男はちらりとこちらに目を向けて頷《うなず》いてみせ、手に持っている招待状を見せるように促《うなが》してきた。

卓也が急いで渡《わた》すと、男はそれを見ながら、手元のモバイルでなにやら検索《けんさく》を始める。

どうやらその中には、顔写真付きの招待客のリストが入っているらしく、男はそれと卓也の顔を見比べ始めた。非常に、居心地《いごこち》が悪い。

結婚式って……こんなに厳重にやるものだったっけ？

こういったセレモニーに出席するのは初めてだが、普通結婚式といえば、ホテルかどこかで、受け付けからもなごやかに、談笑《だんしょう》しながら進むものではないのだろうか。

しかし今の状況《じょうきょう》からは、そんななごやかさは欠片《かけら》も感じられない。

卓也が戸惑《とまど》っていると、ようやくチェックが済んだらしく、男が小さく微笑《ほほえ》むのが見えた。

「水嶋卓也さんですね。ようこそいらっしゃいました」

「あ……はい」

ほっとした瞬間《しゅんかん》、彼が腰《こし》から抜《ぬ》き出した長細い機械をかざされ、思わずびくりとしてしまう。

すると男は逆に驚《おどろ》いたように目を瞠《みは》り、もう少し笑《え》みを深めてみせた。

「ああ……申し訳ありません。ですが一応、身体検査《しんたいけんさ》を受けていただかなくてはいけないのです。これは金属探知機で、痛みなどはありませんから」

き、金属探知機!? 痛みはないからって……そりゃ、結婚式といえば人生の一大イベントだって言われるし、不祥事《ふしょうじ》があったら大変なんだろうけど、でも、それでも、ここまでするか？

それとも、これが普通なのか??

がらがらとこれまでの結婚式像が崩《くず》れるような錯覚《さっかく》をおぼえながらも、まさかここで抵抗《ていこう》などできるはずがない。おかしな言動をすれば、捕《つか》まってしまいそうな雰囲気《ふんいき》だ。

卓也はぎくしゃくとしながら、促されるまま、金属探知機であちこちをチェックされることになった。

そうして金属探知機をかざされていると、何も悪いことをしていないのに、何かがばれてしまいそうな妄想《もうそう》に囚《とら》われてしまう。そのせいでさらに挙動不審《ふしん》になりそうで、卓也は慌《あわ》てておかしな考えを頭の中から追い払《はら》った。

すると、ようやくチェックが済んだらしく、男がにこりと微笑んでみせる。

「大変失礼いたしました。披露宴《ひろうえん》の受け付けは、この奥《おく》になります。もう少し歩いていっていただきますと、邸の入り口がありますので、そちらでお願いします」

眼光が鋭《するど》く、いかにもセキュリティらしき男にそう丁寧《ていねい》な口調で案内されると、どうも怖《こわ》いことが起こりそうな気がする。

卓也は思わずそんなことを考えてしまいながら、急いでぺこりと頭を下げた。

教えられたとおりに敷地に足を踏《ふ》み入れると、辺りの様子が一変する。

広い道の両脇には空を覆《おお》いつくさんばかりに森が張り出してきていて、まさに緑のトンネルのように思えるのだ。さらに草木や水の濃厚《のうこう》な香《かお》りで満たされるようで、卓也は思わず深呼吸をした。一気に俗世間《ぞくせけん》から切り離《はな》されるような錯覚を感じる。

東京のど真ん中だっていうのに、すごい場所があるもんだなあ……。

そう感心しながらてくてくと歩いていくと、森が切れるように視界が開けて、邸の全貌《ぜんぼう》が姿を現し始めた。

広くて円い車止まりの中央には、優美な大理石の噴水《ふんすい》が設《しつら》えられ、涼《すず》やかな水音を立てている。そしてその向こう側には、三階建ての大きな邸宅《ていたく》が静かに佇んでいた。階数こそは少ないが、どの階もたっぷりと空間が取られ天井《てんじょう》が高いのがわかる。

全体的には薄茶色《うすちゃいろ》の石造りで重厚《じゅうこう》さを漂《ただよ》わせていたが、大きく取られた窓枠《まどわく》やベランダの白さが鮮《あざ》やかで、穏やかな緑色の屋根とともに瀟洒《しょうしゃ》な雰囲気を醸《かも》し出していた。卓也はあまり建築様式などには詳《くわ》しくないが、明治や大正の頃《ころ》に粋人《すいじん》の華族《かぞく》や豪商《ごうしょう》によって造られた大豪邸《だいごうてい》、とでも説明されればぴったりだと思える。

こんなお邸……パーティ会場として、貸し出してるのか⁇

どうにもまだ状況が把握《はあく》できず、卓也はますます首を捻《ひね》りながら車寄せを通り抜けた。

次々と停《と》まるハイヤーからはきらびやかな男女が降りてきて、これが夜なら、これから舞踏会《ぶとうかい》でも開かれるのでは、という雰囲気だ。そして遠目から見ても煌《きら》びやかな邸は、足を踏み入れるとさらに壮麗《そうれい》である。

思わずきょろきょろしてしまいながら、美しい磨《す》りガラスの玄関《げんかん》を抜けると、受け付けがあった。お仕着せを纏《まと》ったフットマンたちに案内されて、卓也はますます挙動不審になってしまう。

そうして連れて行かれたのは、大広間だ。どうやらここが前室として使われているらしく、隅《すみ》にはちょっとしたバーが設えられていて、たくさんの招待客たちが、グラスを片手に歓談《かんだん》に興じていた。

そういったことに興味がない卓也でもわかるほど、きらびやかな人々ばかりだ。男はみな高価そうなスーツを嫌《いや》みなく着こなし、女性は美しいドレスや着物で華《はな》やかに装っている。

……どうしよう……。

卓也も傍《そば》にやって来たウエイターに勧《すす》められて一応オレンジジュースのグラスを取ったけれど、とたんにいたたまれないような気持ちになった。こういう場が極端《きょくたん》に苦手なのだ。どこにいて、誰《だれ》と話していればいいのか、さっぱりわからない。

その上、今日は他に一人も知り合いが来ていない。新郎《しんろう》である雅俊とは大学時代の友人なのだが、卓也とは違《ちが》って交友関係が広い男だから、絞《しぼ》りきれず、皆二次会に招待したらしい。

こんなことなら僕も、二次会からで良かったのにな……。

常日頃《つねひごろ》であれば、一人でぽつんとしていることなど、全く平気だ。いつも友達といなくてはいけないなどと考えたことはないし、独りが淋《さび》しいことだと感じたこともない。

それどころか、一人でいるとのびのびできて、実に楽しい。自分の好きな時に、好きなことを好きなようにやればいいし、こんなことをしたらどう思われるかなんて気にする必要もない。

そんな卓也の専門分野は、地球惑星《わくせい》科学、平たく言うと天文学である。

たくさんの星が輝《かがや》く、広大で美しい世界……などと言えば聞こえはいいが、その実態は、太陽系モデルの成り立ちを理解すべく難解な数式を日がな一日扱《あつか》ったり、惑星を地道に観測してその膨大《ぼうだい》なデータを解析《かいせき》したりなどする、どちらかといえば地味な学問だ。卓也などにしてみれば、そういった先に広大な宇宙が感じられてうっとりしたりもするのだけれど、さすがにそれが少数派であることは理解しているつもりでいる。

卓也が選んだ大学は理系専門、しかも超難関《ちょうなんかん》で有名な国立大学である。女子など片手で数えられるくらいしかおらず、しかも卓也たちの学科には一人もいない。こうなると、まさしく男子校というしかない。いわゆる世間で言うところの華やかなキャンパスライフとは無縁《むえん》である。

そうは言っても、そのざっかけない雰囲気から、基本的に人見知りをする卓也であっても、親友と呼べる友人が出来るほど大学に馴染《なじ》むことができたのであるが。

まあ、僕には合ってたってことだよな……。

卓也はそんなことを考えながら、目のやりどころを求めて、壁《かべ》にかかっている洋画の方に歩き出した。すると突然《とつぜん》、背中をばんと叩《たた》かれる。

「よお！　今日は来てくれてありがとうな！」

「……雅俊……」

びっくりして飲み物を零《こぼ》しそうになりながら振《ふ》り向くと、そこには、今日の主役であるはずの男が、本日の立場に似つかわしくないほどリラックスした笑顔を浮《う》かべて立っていた。

肩幅《かたはば》が広く引き締《し》まった長身で、白のタキシードを嫌みなく着こなしている。そして学生の頃から女の子たちを騒《さわ》がせていた精悍《せいかん》な顔立ちに加え、いかにも若くして成功しているという堂々とした雰囲気が、彼の魅力《みりょく》をいや増していた。何事につけても型破りで豪快《ごうかい》な友人は、どうやら宴《うたげ》が始まるまでの間、招待客の相手をして回っているらしい。

「お前……こんなところにいて、大丈夫《だいじょうぶ》なのか？　っていうか、今はまだ、結婚式《けっこんしき》とかしてる時間じゃないの？」

招待状に、結婚式は披露宴前に行うが、先祖代々のしきたりにより身内だけの仏前式のため、参列できない旨《むね》を謝罪する一文が記されていたのだ。

だからてっきり、今頃は式を挙げているか、そうでなくても移動中だろうと思っていた。それなのに、まさか、こんなところで客をもてなしていようとは。いくら早く戻《もど》ってきたからといっても、今日の主役である。こんなにフットワークが軽くていいのか。

卓也が呆《あき》れたような表情をすると、雅俊はいつもながらの豪快な笑顔で苦笑してみせた。

「裏にいたって、暇《ひま》なんだよ。結衣子《ゆいこ》は和装からウエディングドレスに着替《きが》えるから、化粧《けしょう》から何から変えなくちゃいけなくて時間がかかるけど、俺なんてただ着替えるだけだ。それに暇そうにしてると、親戚《しんせき》の爺《じい》さん婆《ばあ》さんたちに捕まって、俺が生まれた頃からの思い出話を延々とされるからな。だったらこっちで、客の相手をしていた方がましだ」

雅俊はそう言って悪童のように笑った。しかしこの男、実は卓也より何歳か年上なのである。

出会ったのは卓也と同じ大学の同じ学科だが、その時点で、雅俊はすでに別の大学を卒業していたのだ。そういったことに卓也はあまり興味がないので詳しくは知らないのだが、なんでもハーバード大学を卒業後、家業を手伝うつもりで日本に戻ってきたらしい。

元々天文学にも興味があったそうだが、当時は趣味《しゅみ》の範囲《はんい》で満足していたという。しかし日本に戻ってきてすぐ、卓也が師事している教授の公開講座にたまたま参加し、すっかり夢中になってしまったのだ。それで大学に入り直したというわけである。

卓也とはもちろん、他《ほか》の学生とも歳が違《ちが》うわけだが、雅俊は、精悍で大胆《だいたん》、社交的でカリスマ性のある人柄《ひとがら》ということもあってすぐに周囲と打ち解けてしまった。

それだけであれば、地味でおとなしい卓也などとは住む世界が違うようなものだ。口をきく機会もないまま特に親しくもならなかったのだろうが、同じ学問に惚《ほ》れ込んで入学してきたこともあって、いつの間にか意気投合し、すっかり親友となってしまったのであった。

だから卓也も気軽に笑って、親戚付き合いから逃《に》げ出してきた友人に軽口を叩く。

「じゃあ、ここにいる人、全部お前の友達か？　あんまりたくさんいるから、てっきり親戚もいるんだと思ってたけど」

すると雅俊は小さく苦笑《くしょう》し、ふと周囲に視線を配ってから、卓也にだけ見せるようにこっそりと肩を竦《すく》めた。

「残念ながら、友人だけってわけでもないんだ。ま、それを思えばこっちに来ても似たようなもんだけどな。俺と結衣子は友達だけ呼べば十分だと思ってたのに、このザマだ」

「ああ……じゃ、他の人はみんな、結衣子ちゃんの会社の人とか、親戚なのか」

それにしてはずいぶん数が多いなと思ったが、雅俊の方は結局、大学卒業後には家業を手伝うのではなく、自分で会社を立ち上げてしまったので、上司などはいないはずだ。

卓也がそう相槌《あいづち》をうつと、雅俊は一瞬《いっしゅん》目を瞠《みは》るような表情を見せた。

「あれ、俺、お前に話してなかったっけ。家のこと」

「え、たぶん……何かあったっけ？」

学生の頃は互《たが》いに一人暮らしということもあり、どちらかの部屋に泊《と》まりがけで遊ぶほど親しくなってからは天体のこと以外にも様々なことを語り合ったものだが、彼の家のことなど、聞いただろうか。

卓也がきょとんとしたまま雅俊を見つめ返すと、彼はたいしたことではないというように肩を竦めてみせた。

「まあ、たいしたことじゃないんだけど……ちょっと金持ちなんだよ、俺の家。それで、祖父《じい》さんとか父親関係に知り合いが多いわけ。こういうときに招待しないと義理を欠くって騒ぎになっちゃうような人種とか、色々」

「……どんな人種だ？」

まったく想像ができなくて卓也が生真面目《きまじめ》に眉《まゆ》を顰《ひそ》めると、雅俊はちらりと周囲に視線を流した。ちょうどぞろぞろと入ってきた人たちをさりげなく指し示す。

そこには、男ばかり二十名はいるような集団がいた。年齢《ねんれい》は五十代半ばから七十代前半といったところだが、誰もが上等そうなスーツをごく当然のように着こなしている。

「例えばああいう、政治家とか、かな。元首相《しゅしょう》といえども、意外と器《うつわ》は小さいもんだ」

「えっ……」

驚《おどろ》いて卓也が目を凝《こ》らすと、確かに彼らの中心には、世情に疎《うと》い自分でも名前を知り、見覚えのある政治家がいる。先代の総理大臣だ。その周囲には、現職の大臣もいる。

しかし雅俊は無造作に、まるで親戚の伯父《おじ》さんでも茶化《ちゃか》しているように肩を竦める。

「まあ、俺もガキの頃《ころ》からすごい可愛《かわい》がってもらった人ばっかりだから、一人前になった姿が見たいとか言われると弱くて、結局招待しちゃったんだけどな。セキュリティの都合があるとかなんだかとかで別の部屋にいたんだけど、あの人たちがこっちに来たとなると、もう少しで開宴だな……さすがに別室から会場に直行じゃ、いかにもって感じで嫌《いや》だから、ちゃんとこっちに顔出すように言っておいたんだ」

雅俊はそこで言葉を切ると、茶目《ちゃめ》っ気を滲《にじ》ませたような笑《え》みを浮かべてこちらを見やる。

「お前のお父さん……いや、お前って、いったい、何者？」

信じられないような気持ちで卓也があんぐりと口を開けると、雅俊は再び苦笑を漏《も》らす。

「高川グループって知ってるか？」

「……確か最近、業績を伸《の》ばしている銀行や企業《きぎょう》がほとんどその傘下《さんか》だって、新聞の特集で読んだ気がするけど……まさか」

卓也が思わずじろりと見やると、雅俊はまるで他人事《ひとごと》のように肩を竦めて頷《うなず》いてみせる。

「そのまさかってやつ。一応、俺の祖父さんが会長やってる」

「……なるほど……あ、でも、じゃあそういう関係で、この邸《やしき》が選ばれたんだな？」

唐突《とうとつ》な卓也の質問に、雅俊は逆に驚いたように目を瞬《またた》かせる。

「え、ああ……ホテルやレストランだと警備が面倒《めんどう》だからな。ここは先祖代々受け継《つ》いでいる邸で、今は祖父さんが住んでるから、使用人はみんな信用できる人間ばかりだし、うちはみんなこの家で結婚式をやってるしな」

「そうか、よかった」

雅俊の説明に、卓也はようやくすっきりとした気がして、にっこりと微笑《ほほえ》んだ。

するとその言葉の意味がわからなかったらしく、今度は雅俊が軽く眉を顰めた。

「よかった？」

雅俊の言葉に、卓也は小さく頷いてみせる。

「実は、ここに来たときから、妙《みょう》に警備が厳重で不思議に思っていたんだ。疑問が解けて、ようやくすっきりした。だから、よかった」

卓也が生真面目な表情をして説明すると、雅俊はおかしそうに吹《ふ》き出した。

「……お前って……やっぱ、面白《おもしろ》いよな」

「は？　何が」

意味がつかめずきょとんとすると、雅俊は気にするなとでもいうように、にやりと笑って肩を竦めてみせた。

「いや、変わってなくて嬉《うれ》しいってことだ。最近、どうだ？　何か変わったことは？」

「別に……何もないよ。相変わらず」

相変わらず、天文学に夢中でいる。なにしろ、通常の四年間、学士課程だけでは飽《あ》き足らなくて、もう少しこの世界に浸《ひた》っていたいと修士課程を選んだくらいである。別に、大学院まで進まなければ使いものになるような知識は学べない、などと難しく考えたわけではない。研究者になろうと、志したわけでもない。

幸いなことに田舎《いなか》の両親は特に反対することはなく、引き続き学費を出してくれると言ってくれた。しかしさすがに全額を頼《たよ》るのは心苦しいような気がして、生活費くらいは奨学金《しょうがくきん》とアルバイトで賄《まかな》うことにした。いくら一人っ子とはいえ、同じ歳の友人達が社会人として世に出て、自分の力で稼《かせ》いでいることを思うと、なんとなく後ろめたかったのだ。

どうせ住んでいるところは実用性だけを求めて大学のすぐ近くに借りているおんぼろアパートだし、サークルにも入っておらず、コンパはもちろん、飲み会などにもほとんどいかない。煙草《たばこ》は噎《む》せてしまって吸えないし、外食するのも好きじゃないから食事は自炊《じすい》、天文学以外の趣味もないので、たいして金もかからないのだ。

人によってはそんな生活、何が楽しいんだと呆れられてしまいそうだが、卓也にとってはけっこう充実《じゅうじつ》している日々であった。

時間さえ作ることができれば、誰《だれ》とも話さず、咄嗟《とっさ》にうまく声が出なくなるほど長い間部屋に籠《こ》もって、天文学関係の専門書を読み耽《ふけ》ることができる。別に、誰にも邪魔《じゃま》されない。あたりが薄暗《うすぐら》くなってはじめて一日が終わってしまうのかと驚くくらい、際限なく太陽のことを考えていても、特に誰かにおかしいと笑われるわけでもないのだ。

そういった毎日を過ごしていたから、身近に誰かが必要だと、切実に願う暇《ひま》もなかった。

まあ、それはさすがにまずいだろうって、よく雅俊にも呆《あき》れられてるけど……。

卓也は密《ひそ》かに内心で肩を竦めたのだが、目の前の親友は、それを見透《みす》かしたように、ますます笑みを深めた。一応反論しようとしたとき、雅俊の背後に執事《しつじ》らしき人が近づいてきて、こっそりと何かを囁《ささや》く。

「悪い、ぼちぼち出番らしい。お前の席はハーバード時代の友達と一緒《いっしょ》のテーブルだけど、いい奴《やつ》らだから、楽しんでくれよな。飛行機の関係とか色々で、皆《みんな》ちょっと遅《おく》れているみたいだけど、もうそろそろ着くはずだ。お前のことは話しておいたから」

「ああ……じゃ、また後で」

ハーバード時代の友達って、外国人か？ ただでさえ歓談《かんだん》なんて苦手なのに、さらに英語で話さなきゃいけない羽目になったら……面倒くさいな。

学会や研究発表、論文を読み書きする際に英語を使うことが多いから、全く喋《しゃべ》れないわけではないが、得意ではない。

立ち去る雅俊に手を上げて応《こた》えながら、卓也は内心でこっそりとぼやいた。


やがて披露宴《ひろうえん》が始まるとアナウンスされ、卓也は他《ほか》の人々とともに会場となる大客室に足を踏《ふ》み入れた。

高い天井《てんじょう》まで届く優美な大窓からは、カーテンが大きく開け放されて、よく手入れされた庭が見える。そしてそこからたっぷりと差し込む光は、喜びの席にふさわしく、室内を輝《かがや》かしく満たしていた。

そして広い室内には、庭を背にするように新郎《しんろう》と新婦の席が設《しつら》えられ、彼らと向かい合うように招待客のテーブルが数多くつくられている。どのテーブルにも、ぱりっとした真っ白なクロスに、銀を基調としたカトラリーが美しく映《は》えている。さらにその中央には、真っ白なカサブランカをメインに涼《すず》しげなグリーンでまとめたフラワーアレンジメントが零《こぼ》れんばかりに調《ととの》えられ、爽《さわ》やかに華《はな》やかさを演出していた。

それは本当に美しく、これから結婚《けっこん》という儀式《ぎしき》が始まるにふさわしい光景だったから、卓也は見惚《みと》れてしまう。その隙《すき》にどんどん席が埋《う》まってしまい、卓也は慌《あわ》てて自分の席を探す羽目になった。ただでさえ出遅れているというのに、テーブルの数が多すぎてよくわからないのだ。

それでもなんとか探し出し、卓也は慌てて、ろくに周囲に挨拶《あいさつ》もせず席に座った。

そして一息ついたとたんに、ぎょっとする。

同じテーブルを囲んでいる男たちが、予想もしないほど際立《きわだ》っている者ばかりだったからだ。

席に着いているのは、卓也以外は五人で、全《すべ》て外国の男。ヨーロッパ系、インド系、おそらくはイタリア系、中国系、アラブ系……と、人種こそ見事に分かれてはいたが、その誰もが、ハリウッドスターかと思わせるような魅力《みりょく》的な容姿と存在感を放っていた。

先ほどの雅俊の話からすれば、彼らは卓也とも同じくらいの歳のはずだったが、同じ歳どころか、同じ人類として同列にしていいものかと躊躇《とまど》うほど、美しい。

すごいな……同じ人類でも、ここまで違《ちが》うと、本当に、別世界だ……。

卓也は呆然《ぼうぜん》とそんな感想を思い浮《う》かべていたが、ふと、視線を感じてあたりを見やった。

次の瞬間《しゅんかん》、ぎょっとする。

会場中の人々が、皆、こちらを見つめていたからだ。

近くのテーブルの人々は、ちらりちらりとこちらを見やって何事かを囁きあうくらいだが、遠くの席ともなると、さりげなさを装いつつ、立ち上がってまで眺《なが》めようとする人がいる。

そんな中でも女性たちは、老いも若きも当然のように頰《ほお》を赤らめたり、上気した面持ちでこちらに視線を送ってきていた。男たちまで、彼らの魅力には逆らえないというように、こちらに視線を向けている。

さらに卓也が驚いたのは、先ほど前室で見かけた著名人たちまでもが、まるで素人《しろうと》のような反応を見せていたことだ。元首相《しゅしょう》はそこまでもないが、現職の大臣など、今すぐにでも挨拶に来たいとでもいうような表情に見える。

な……んだ⁇

卓也はびっくりして、思わずまじまじと右隣《みぎどなり》に座っているヨーロッパ系の男を見つめた。いつもはほとんど他人の容姿に注意を払《はら》うことなどないのだが、そうしてみると、類稀《たぐいまれ》なるその男の容姿のせいか、圧倒《あっとう》されてしまうような気持ちになった。金髪碧眼《きんぱつへきがん》、ノーブルな顔だちをしている彼が、完璧《かんぺき》だと思えるような美貌《びぼう》の持ち主だったからだ。

凛《りん》とした目元には隠《かく》しがたいような気品と甘いような艶《つや》を滲《にじ》ませ、すっきりと通った鼻すじは高く、ほのかなセクシーさを漂《ただよ》わせている。さらに形の良い唇《くちびる》には、思わず目を奪《うば》われてしまうような魅力的な笑《え》みが浮かべられていた。少し長めの金髪が柔《やわ》らかくかきあげられ、耳元や首筋が顕《あら》わになっている様は、同じ男であっても、なんだか妙にどきどきとしてしまう。

そうしてゆったりとリラックスしながら逆サイドの男と談笑《だんしょう》している様子は、まるでヨーロッパの王侯《おうこう》貴族のようであった。座っていてもわかる引き締《し》まった長身で、ひと目で上質とわかる漆黒《しっこく》のタキシードを見事に着こなしている。卓也であれば失笑されそうな蝶《ちょう》ネクタイも、彼が身につけているだけでまるで装飾《そうしょく》品のように思えた。

さらに真っ白で高めの襟《えり》が喉元《のどもと》を覆《おお》い、精悍《せいかん》な頬から顎《あご》、首筋までの色気をストイックに際立たせている。もし自分が女であったら、その襟元を彼の男らしい指が寛《くつろ》げ、ボウタイを荒々《あらあら》しく引き抜《ぬ》く様が見たいと焦《こ》がれてしまいそうであった。

……ここまでいくと、ちょっとした芸術品、みたいだな……。

同じ男ながらそんな感想まで思い浮かべてしまいながら、卓也はいつになく自分が他人をまじまじと見つめている原因に気がついた。

それは、彼の美しい青い瞳《ひとみ》だ。宝石のように澄《す》んだ瞳は、彼が何かに興味を惹《ひ》かれるたびに、瞬《また》きのような輝きを宿す。それが卓也の愛する星々を連想させて、つい見惚れてしまっていたのだ。

なんだか、凄《すご》い、綺麗《きれい》だ……。

ぼんやりとそんなことを考えていると、卓也の視線に気づいたらしい彼が、ふとこちらを振《ふ》り向いた。

『ああ……失礼。挨拶が遅れてしまったようだ』

視線が合ったと同時に微笑《ほほえ》まれ、その魅惑《みわく》的な眼差《まなざ》しに、卓也は思わず顔を赤くした。

涼やかで知的な青い瞳が、ほんのわずかに笑みを含《ふく》んだだけで、蕩《とろ》けそうなほど甘く輝いたからだ。その華やかさときたら、まるで彼の周りに花が咲《さ》き誇《ほこ》ったようだ。

あまりに慌てたせいか、乙女《おとめ》的な発想までしてしまって、そんな自分がますます恥《は》ずかしくなる。

『いやっ、あの……すみません』

あたふたと卓也が弁解すると、目の前の男はさらに眼差しを和《やわ》らげ、手を差し出してきた。

『初めまして。俺の名前は、アルベール・レニエ……まあ長いので割愛《かつあい》するが、最後の部分はヴィスコルディといいます』

『はー、なるほど……あ、僕は、水嶋卓也って言います』

卓也がなんとか握手《あくしゅ》に応えると、視線の先でアルベールがふと笑みを深めたのが見えた。

『雅俊の、大学時代の親友だとか。色々と噂《うわさ》は聞いているが』

『あ、ええ、まあ……あの、皆さんは、あいつの、ハーバード時代の友人なんですよね』

緊張《きんちょう》のあまり卓也が鸚鵡《おうむ》返《がえ》しのように言葉を返すと、アルベールはそれを察したように再び親しみやすい微笑を浮かべて頷《うなず》き、親切に、テーブルに座る他の人々を紹介《しょうかい》してくれた。

まずは、彼のすぐ右隣にいるインド系の男を指し示す。

『彼は、ラージール・ウッダラジャート』　　　　・

『初めまして』

穏《おだ》やかな声でそう挨拶してにっこりと笑った彼は、小麦色で艶のある肌《はだ》に深みのある黒い瞳が印象的な男だった。

おそらくそれが正装なのだろう、美しい金糸で縁取《ふちど》られたターバンを巻いて、肩幅《かたはば》が広く均整の取れたからだをひと目で高級品とわかる深紅《しんく》の絹の上着で包んでいる。そこには繊細《せんさい》で精《せい》巧《こう》な銀糸の刺繍《ししゅう》が施《ほどこ》されており、その下に着ている立ち襟の白い長衣も同様で、さりげなくも豪奢《ごうしゃ》な雰囲気《ふんいき》を醸《かも》し出していた。それらを前面に押し出していないところが、彼の人柄《ひとがら》を表しているようであったが、その一方で、凛々《りり》しい眉《まゆ》や端整《たんせい》な彼の顔だちからは、強い意志の力や情熱が垣間見《かいまみ》えるような気もする。

『あ……初めまして』

卓也がぺこりと頭を下げると、傍《かたわ》らでふと、アルベールが何かを思いついたように笑みを漏《も》らしたのが見えた。

『実はラージールは、この歳にして、インドでも屈指《くっし》のマハラジャなんだ』

『マ…ハラジャ』

使い慣れない単語に卓也が一瞬反芻《はんすう》すると、アルベールが悪戯《いたずら》っぽい表情をして小さく笑ったのが見えた。視界の端《はし》では、ラージールが仕方ないなとでも言うように他の友人に向かって肩《かた》を竦《すく》めている。

『古い制度の呼び方ではあるが、インドで絶大な権力を誇り、各地方を治めた王たちの子孫といったところかな。今でも広大な土地や宮殿《きゅうでん》を引き継《つ》ぐ、大金持ちだ。確かラージールの祖先は、愛する妃《きさき》を迎《むか》えるために広大な河を堰《せ》き止め、美しい湖まで造ったとか』

えっ、それって……。

卓也が口を開きかけたとき、ラージールが苦笑しながらアルベールに応えた。

『確かにそれは本当のことだが、わざわざ吹聴《ふいちょう》するようなことでもないだろう。そんなことを言うなら、アルベール、お前だって自分の身分を明かせよ。フェアじゃない』

身分……？

卓也が不思議に思ってアルベールの方を振り返ると、彼が小さく肩を竦めたのが見えた。悪戯がばれた子供のような表情をして、ちらりと笑う。

『一応、これでも王子なんだ』

『ああ、なるほど……だから、先ほどからみんながそわそわしてたんですね』

王子という身分に驚《おどろ》くというよりは、納得《なっとく》するような気持ちで卓也は思わず深々と頷く。するとと目の前のプリンスは、そんな卓也を面白《おもしろ》がるような表情を閃《ひらめ》かせた。青く美しい瞳に笑みを滲ませながら、先を続ける。

『正式な名前は、アルベール・レニエ・ルイ・マクシミリアン・ヴィスコルディ。ヨーロッパにある国なんだが……』

アルベールはそこで言葉を切ると、大切なものを明かすように国の名前を教えてくれた。綺麗な響《ひび》きのする単語だったが、残念ながら聞き覚えがない。

『すみません、僕、そういう知識が乏《とぼ》しくて……』

王子だからどうのというわけではなく、話している相手が大切に思っているらしい母国を知らないというのは、なんとなく申し訳ないような気持ちになる。

しかし知らないものは仕方がないと卓也が素直《すなお》にそう謝ると、アルベールは全く気にしていないというように卓也の肩を軽く叩《たた》いた。

『別に自分の肩書《かたがき》をひけらかしたいわけじゃない。それに王子といってもたくさん兄弟がいる末っ子だから、わりと自由にやらせてもらっているんだ。気にしないでくれ』

アルベールがそう笑うと、そんな彼の人柄を表すように、同じテーブルに座っていた男たちが笑いながら次々と軽口を叩いた。

『確かに！　ここまで自由気ままにやっている王子は見たことがないな』

『いくら自由なお国柄《くにがら》とはいえ、護衛もつけずに平気で遊びに行くし』

『女の子との付き合いも気軽過ぎる。それに広範囲《こうはんい》に亘《わた》り過ぎじゃないか？　下手《へた》をしたらお妃候補にだってなりうるわけだから、普通《ふつう》、もっと慎重《しんちょう》に吟味《ぎんみ》するだろう』

『むしろ俺たちより自由にやっている』

いかにも仲が良さそうな周囲の冷やかしに小さく吹《ふ》き出しながら、アルベールは茶目《ちゃめ》っ気を覗《のぞ》かせたような眼差しをする。

『こいつらの言う自由とやらは、多少名誉毀損《めいよきそん》の疑いがあるな。今、君に伝えたかったのはそういう意味じゃないんだが』

そこで軽く片目を瞑《つぶ》られてしまい、卓也は思わず言葉に詰《つ》まった。言葉が理解できないわけではないのだが、こういった類の会話の切り返し方がいまいちわからないのだ。たとえ日本語であっても怪しいのに、英語でなんて、わかるわけがない。

『まあ……そうですよね。いくら外的な条件が調っていても、ただそれだけじゃ自由だとは言えないでしょうし』

仕方なく、とっさに思い浮かんだ言葉を返すと、アルベールが意外そうに軽く目を瞠ったのが見えた。

『へえ……では、君が考える自由とは？　君が自由を感じるのは、どんな時なんだ？』

『え？　ええっ……と……』

何気なく答えたことにそんな質問をされるとは思わず、卓也は一瞬《いっしゅん》言葉に詰まった。

そのとたんに、ふっと、ある情景が浮かぶ。

『僕がすごく自由を感じたのは……雪がたくさん降った次の日の早朝、何もない真っ白な場所に、夢中になって跡《あと》をつけたときかな』

思いつくままぽろりと零《こぼ》してしまい、卓也は自分の声で我に返る。

それからようやく自分の言葉を思い出してその稚拙《ちせつ》さに赤くなりかけたが、こちらを見ているアルベールの眼差しに気付いて、ほんの少しだけ安心した。

彼の眼差しが、想像以上に優《やさ》しかったからだ。包み込むような穏やかさと、好奇心《こうきしん》をそそられていると告げるような瞳の色をして、こちらをじっと見つめている。

それに励《はげ》まされるように感じて、卓也はぎこちないながらも先を続けた。

『子供の頃《ころ》に僕が住んでいたところは、冬になるととてもたくさん雪が降るところで……山に近い場所になると、家の二階くらいまで積もるようなところなんです。だからまあ、雪には慣れていたはずだったんですが、ある朝、中学校に行くために学校の近くの停留所でバスを降りたら、ものすごく綺麗《きれい》に雪が積もっている場所があって……。通学路の途中《とちゅう》にある、付属の小学校の校庭だったんですが、そこがとても広いんです。カリキュラムの一環《いっかん》で、羊とか豚《ぶた》を放牧しているくらいだったから』

卓也はそこで一つ息をつくと、思い出した過去の情景に再び魅《み》せられるような心地《ここち》で続けた。

『見渡《みわた》す限《かぎ》り真っ白な雪で覆《おお》われていて、何の跡もついてない。そこにやっぱり白い羊が放牧されて、時折、ぽつりぽつりと紛《まぎ》れるように佇《たたず》んでいる様子が、なんというか、ものすごく開放的に思えたんです。まだ小学校は始まってないし、同じ中学校に向かう奴《やつ》らは見慣れているから、そんな風景、気にもしていない。そう思ったら、無性《むしょう》に跡をつけたくなったんです。それで柵《さく》を乗り越《こ》えて、中に入りました。夢中になって足跡をつけたり、雪に飛び込んで人形《ひとがた》をつけたり……ものすごく、気持ちがよかった』

当時の感覚を再び味わったように深々と息をつくと、卓也はようやく我に返って、照れ笑いを浮かべた。

『まあ厳密に言うと、そこで夢中になりすぎちゃって生まれて初めて遅刻《ちこく》したから、本当の自由じゃないんでしょうけど。ルールを守り、義務を果たしてこそ、初めて得られるものが自由というものだろうから』

卓也が苦笑《くしょう》して頭をかくと、アルベールはなぜかとても嬉《うれ》しそうに笑った。

『厳密に言えば、ね。では、他《ほか》には？　他には、どんなことがある？』

『えっ……他に？』

まさか追加を頼《たの》まれるとは思わず、卓也が目を丸くすると、アルベールは期待を浮かべたような表情をして、こちらを見つめ続けている。

そんな……僕なんかのこんな話、続けてもいいのか？

天体など専門分野以外の話で、自分が先を続けるのを待たれるなんて、これまで一度も経験がない。

戸惑《とまど》いながらテーブルを囲んでいる他の男たちを見渡すと、皆《みな》、興味深そうに微笑《びしょう》を浮かべてこちらを見つめていた。仕方なく、口を開く。

『ほ…かにと言われても……たいした話はないですよ』

卓也がそう言い澱《よど》むと、アルベールはますます面白そうに頬杖《ほおづえ》をつく。

『たいしたことがないなんて、最高だ。ぜひ聞きたい』

『……っ』

逃《のが》れようがなくなって、卓也は小さく息を吐《は》き出す。似たような感覚を得たときのことを思い出そうとした瞬間《しゅんかん》、ふとある光景が思い浮かんだ。たいしたことがないのが最高ならば、こんな話でもいいだろう。

『あとは……蓮《はす》の葉が一斉《いっせい》にひるがえったときですね。やっぱり同じ中学時代のことですけど、学校の周りには大きなお堀《ほり》があったんです。古い城跡《しろあと》に建てられていたから。そこには、水面を覆うほどたくさん蓮が植えられていて……まだ花も咲《さ》いていない時期に、その大きな葉が風と一緒《いっしょ》にざあっと翻《ひるがえ》っていく様は、見ていてとても気持ちがよかった』

卓也が言い終えると、アルベールはおかしそうに目を眇《すが》める。

『花が開いているときではなく、か？』

『そういわれれば、葉っぱだけのときですね。花が咲いているときは、そんなふうに感じたことはなかった。綺麗だなとは思いましたけど』

首をかしげながらもそう答えると、アルベールは実に満足そうににやりと笑った。

『面白いな……君の語る自由というものは、俺が今まで考えたこともなかったものだ。東洋では一般《いっぱん》的な思想なのか？』

『さ…あ』

そんなこと、考えたこともない。

卓也が首をかしげると、アルベールはほんのわずかに笑いを噛《か》み殺すような表情をした。

『そうだろうな。君の中にはきっと、人よりも豊かな時間がたくさん流れているんだろう。実に興味深い。君のことがもっと知りたくなる』

『そ…うですか……？』

どうやら褒《ほ》められているらしいので悪い気はしないが、なぜ褒められるのか、全くぴんとこない。それでもアルベールの表情からは、嘘《うそ》やからかいといったことも感じられなかったから、卓也はついくすぐったいような気持ちになってしまった。

それにしても、そんなに面白《おもしろ》い話だっただろうか。

卓也が内心で首を捻《ひね》ったとたん、目の前に座っているイタリア系の男が、からかうように軽く口笛を吹いてみせた。

『なかなか微笑《ほほえ》ましい光景ではあるが、ギャラリーもいるんだってことをお忘れなく』

微笑ましい光景？　ギャラリー？

どうもしっくりこない言葉《ことば》に卓也がますます首を捻ると、アルベールは苦笑を漏《も》らしてイタリア系の友人をじろりと見やった。

『無粋《ぶすい》な真似《まね》をさせてしまったようで悪かったな。では、話題を変えよう』

アルベールがさらりとそう言ってのけると、イタリア系の男はおどけたように両手を広げる。

『ちょっと待てよ。ここで紹介《しょうかい》なしはありえないだろ。自己紹介くらいさせろ』

目の前の男は笑いながら言うと、茶目っ気たっぷりに卓也に向かって片目を瞑って見せた。

『俺の名前は、カルロス・ジョゼフ・ベルレオッティ。イタリア系アメリカ人だ。よろしく』

そんな仕草も、気障《きざ》どころか堂に入って魅力的《みりょく》に見えるあたりが、いかにもイタリアの伊達《だて》男《おとこ》である。

モデルのように均整のとれたからだでメタリックなシャイニー・グレーのスーツを難なく着こなし、白いシャツの襟元《えりもと》に漆黒《しっこく》とシルバーの二色使いのタイを合わせて粋《いき》な遊びを演出するなど、卓也には想像もつかないようなことをやってのけている。

さらにその上、ダークブラウンの癖《くせ》のある髪《かみ》をさりげなく活《い》かし、少年のような表情を持つ深緑色の瞳《ひとみ》を際立《きわだ》たせていた。そうすることによって、彼の野性的でどこか危険な香《かお》りのする顔だちに甘さが加わり、女ならつい惹《ひ》き寄せられてしまうような男の色気が醸《かも》し出されている。

『NYでいくつかレストランを経営しているから、近くに来たときはぜひ寄ってくれ』

そう笑ったカルロスの隣《となり》で、中国系の男が同意するように小さく頷《うなず》き、口を開いた。

『確かに、カルロスの店なら足を運んで損はないと思うよ。彼の開く店はどこも、目も舌も肥えているニューヨーカーたちの垂涎《すいぜん》の的だ』

するとカルロスは低く冷やかすような口笛を吹《ふ》き、にやりと笑って隣に座る男を見やった。

『世界に名だたるリゾート王のお褒めにあずかるとは光栄だな、クァンユー』

『……別にからかってなどいない。お前のそういうセンスは見習わなくてはいけないと思っているところなんだ。世界中のセレブリティがお前の店に行ってみたいと憧《あこが》れるなんて、尋常《じんじょう》なことじゃない』

クァンユーと呼ばれた男は、カルロスを窘《たしな》めるようにじろりと見やった。

そんな表情をしていても、見れば見るほど雰囲気《ふんいき》があって綺麗な男だ。やはり正装というこ となのか、深い蒼色《あお》の美しい絹地に、目が眩《くら》むような豪奢《ごうしゃ》な銀糸の刺繍《ししゅう》が施《ほどこ》された男物の中国服を着て、艶《つや》やかな長い黒髪《くろかみ》を垂らしている。

けして中性的というわけではないのだが、端整《たんせい》で理知的、涼《すず》しげな顔だちのせいか、切れ上がったような眦《まなじり》が美しく、どこか神秘的な魅力を醸し出していた。その容姿は濃《こ》く男らしいカルロスとは好対照だ。

そんなことを考えながら卓也がぼんやりと彼らのやりとりを眺《なが》めていると、クァンユーは改めてこちらに向き直り、ゆっくりと微笑みかけてきた。

『失礼、僕は、候光耀《ホウクァンユー》という者です。一族がやっているリゾートホテルの経営を手伝っていて、今は先ほど紹介のあったラージールから譲《ゆず》り受けた湖上の宮殿《きゅうでん》を軌道《きどう》に乗せているところ。もし機会があれば、ぜひ』

『あっ……はい』

光耀の言葉に我に返り、卓也が慌《あわ》てて頷くと、アルベールが小さく笑って口を開いた。

『カルロスの乱入により順序が狂《くる》ってしまったが……卓也、ラージールに何かたずねたいことがあったんじゃないのか？』

『え……』

確かにラージールを紹介されたとき、たずねたかったことはある。

しかしその後すぐに話に紛《まぎ》れてしまっていたし、まだ口にも出していないことだったのだ。

まさか気づいてもらえていたとは夢にも思わず、卓也は慌ててアルベールを見やる。

すると、当然だろうとでもいうように、彼は穏《おだ》やかな眼差《まなざ》しをして促《うなが》してくれた。

卓也は驚《おどろ》きつつも、このチャンスは逃せないとばかりに急いでラージールの方に向き直る。

『あの、ご先祖が造った人工の湖って……ラシード・ウッダラ湖のことですか？』

唐突《とうとつ》過ぎる卓也の質問に虚《きょ》を突《つ》かれたような表情をしながら、ラージールは頷く。

『ああ、そうだけど……いきなりそれと結び付ける人も珍《めずら》しいな。もう少し南のジャガット湖なら、湖上に宮殿があるから知っている人もいるが……インドには詳《くわ》しいとか？』

『いえ、ただ、あそこにはウッダラ太陽観測所があるから……雨が少なくて、湖上にあるから地熱の影響《えいきょう》がなくて、大気の揺《ゆ》れもないから観測には最高だって聞いたことがあるんです。そんな素晴《すば》らしい場所が家のすぐ近くにあるなんて……いいですねえ！』

卓也はうっとりとそう言ったが、一応、世間一般の人々の興味の有り様を知らないわけではない。

おそらくラージールは観測所など行かないだろうということはわかっていたが、それでも羨《うらや》ましがらないわけにはいかなかったのだ。もし自分が彼の立場にあったなら、絶対、毎日通ってしまうに違《ちが》いない。太陽だけに興味があるわけではないが、そんな場所なら、他の天体も見放題のはずだ。

卓也が心底羨ましいというようにため息をついたとたん、隣でアルベールが軽く吹き出したのが聞こえた。きょとんとしてそちらを見やると、アルベールは堪《こら》えきれないとでもいうように笑いながら、非礼を謝る。

『いや……失礼。でも、本当に雅俊が話していた通りの人だと思って……ラージールの話を聞いて羨ましがるポイントって、普通《ふつう》、そこか？　だが、ますます君が気に入ったよ、卓也』

『は…あ』

どういうことかよくわからず、卓也が首を捻ると、左隣で低い笑い声が響《ひび》いた。

『俺もお前が気に入ったぞ』

驚いて振《ふ》り返ると、先ほどから隣に座っていたアラブ系の男が、こちらを見つめて笑《え》みを浮《う》かべていた。

いかにもアラブ世界の男らしく、頭にはシンプルな布を被《かぶ》っていたが、纏《まと》っている伝統的な長衣は、ファッションに疎《うと》い卓也であっても感じられるほど豪奢なものだ。

羽織っているローブの襟元から袖口《そでぐち》にかけては手の込んだ金糸の刺繍で豪華《ごうか》に彩《いろど》られているし、その下に着ている白の長衣も見るからに上質そうだ。さらにその腰《こし》には、見たことがないほど煌《きら》びやかな短剣《たんけん》まではさみ込まれている。三日月形のその剣は、おそらく全《すべ》てが黄金製で、その柄《つか》には大粒《おおつぶ》のエメラルドが四つも嵌《は》め込まれていた。鞘《さや》の部分にはぎっしりとダイヤが鏤《ちりば》められている。

……すごい、綺麗《きれい》だけど……たぶん、本物だよな。銃刀法違反《じゅうとうほういはん》とか、大丈夫《だいじょうぶ》なんだろうか。

卓也が思わずそんな考えに気を取られていると、くすっと笑った声で我に返った。

慌てて顔を上げると、漆黒の瞳に射《い》すくめられたように捕《と》らえられる。

『また、おかしなことを考えているのか？』

アラブの男が、からかうような、唆《そそのか》すような表情をして、こちらを見つめていた。

艶やかな褐色《かっしょく》の肌《はだ》に、輝《かがや》きの強い瞳が印象的だ。彫《ほ》りの深い顔だちは、端整というよりは野性的で、様々なものが削《そ》ぎ落とされたようなストイックさすら放っている。はっきりとした眉《まゆ》や相手を射貫《いぬ》くような眼差しは、彼が強く激しい意志の持ち主だと知らしめているような気がした。加えて、辺りを睥睨《へいげい》するような堂々とした存在感は、まさに、野生の王といった趣《おもむき》がある。

そんな彼が、少し笑みを滲《にじ》ませただけで、驚くほど甘い眼差しになる。同じ男の自分がそう感じるのだから、これでは、世の中の女性はひとたまりもないだろう。

思わずどぎまぎしてしまいながら、卓也は慌てて首を横に振ってみせた。

『別に、おかしなことなんて……ただ、素晴らしい短剣だな、と』

さすがに銃刀法違反云々《うんぬん》のことは口に出せず、卓也がそう誤魔化《ごまか》すと、男はまるでそれを見《み》透《す》かしたかのようににやりと笑って手を差し出してきた。

『それはどうも。これは、我が一族が国王の右腕《みぎうで》としてよく仕えていると褒美《ほうび》に下賜《かし》されたものだから、それなりに飾《かざ》り立ててある。そんなことはさておき、俺の名前は、ファイサル・ビン・アブドゥルラマハーン・イブン・サウード・アル・アブドゥッラー。アラブでいくつか油田会社を経営している。よろしく』

『……よろしく』

この歳で油田を経営しているというところにも驚いたけれど、長すぎる名前をさらりと言われて、とてもじゃないが覚えきれない。自己紹介《しょうかい》されたからには覚えるのが礼儀《れいぎ》だとわかってはいても、聞き取ることさえ難しかったのだ。

握手《あくしゅ》を交わしながら、卓也が思わず目を泳がせてしまうと、それに気づいたらしいアルベールが小さく笑って顔を寄せてきた。

『彼の名前は、ファイサルだ。俺たちも覚えきれずに、そう呼んでいる』

『あ……ありがとう』

卓也が礼を述べると、アルベールは微《かす》かにウィンクをしてみせ、何事もなかったかのように姿勢を正した。そのあふれるような気品、優雅《ゆうが》さ、親切さ……まさに王子様である。

……いや、本物なんだよな？

王子に、マハラジャ、最先端《さいせんたん》のレストラン経営者に、リゾート王、油田王……。

いったい雅俊の交友関係って、どうなってるんだよ!?

っていうか、そういえば、あいつ自身も高川財閥《ざいばつ》の御曹司《おんぞうし》とかって言ってたよな？

ああもう、何が何だか……。

いくら卓也が世間とは多少ずれた価値観の持ち主とはいえ、立て続けにここまで凄《すご》い人々と知り合ってしまっては、動揺《どうよう》もする。好きな天体に関《かか》わっていられれば満足、あまり他人と自分を比べるようなことがない卓也であっても、さすがに少し考えてしまう。

僕なんてまだ、学生なのに……世の中には、凄い人がいるよなあ……。

卓也が内心でぼやいたとき、式の始まりを告げる司会者の声とともに、新郎《しんろう》新婦の入場のための、華《はな》やかな音楽が室内に響き渡《わた》ったのであった。

それにしても、凄い一日だったな……。

これから始まる授業の準備を調《ととの》えながら、卓也は、改めて雅俊の披露宴《ひろうえん》を思い返してため息をついた。なんだかうまく現実として捉《とら》えられないまま、結局は最後まで王子たちと時間を過ごしてしまったのだが、今にして思えば、やはり、凄いことに違いない。

さすがに王子たちは二次会までは参加せず、邸《やしき》の前に迎《むか》えに来ていた各自の車に乗り込み、颯爽《さっそう》と帰ってしまった。

なんとなくの流れで卓也は彼らを見送っていたのだが、なぜかアルベールも最後まで隣《となり》に並んでいた。そして別れ際《ぎわ》、握手を求められたときに、妙《みょう》なことまで言われてしまったのだ。

『今日はとても楽しかった。久しぶりに時が過ぎるのが早いと感じたよ』

『僕も楽しかったです。ありがとうございます』

卓也も握手を返しながら、儀礼《ぎれい》的にそう言ったのだけれど、そのときふと、彼の瞳《ひとみ》に悪戯《いたずら》っぽい表情が浮かんだような気がした。

あれ、と思った瞬間《しゅんかん》、強い力で握《にぎ》ったままの手を引っ張られて、バランスを崩《くず》す。

『ぅわっ……』

卓也が思わずよろめくと、支えるように肩《かた》を摑《つか》まれた。

ほっとした瞬間、アルベールの肌になれた香《かお》りが漂《ただよ》う。

いい香りだと思ったとたんに、まるで抱《だ》き寄せられているような体勢に気づいて、卓也は頰《ほお》が熱くなるのを感じた。すると耳元でアルベールの低い笑い声が響く。

『知り合う時間が短すぎたのが心残りだが……次の楽しみに取っておくよ』

次？　卓也が驚いて顔を上げると、アルベールの青い瞳がこちらを見つめていた。

甘いような、からかうような表情を浮かべて、視線が搦《から》め捕《と》られてしまう。

『また、会おう』

そのとたんに惹《ひ》き込まれてしまうように感じ、卓也は反射的に突《つ》き放すようにして体勢を整えてしまった。すると、アルベールは笑いを噛《か》み殺すような表情をみせる。

『それじゃ、また』

そんな別れの言葉を残すと、黒塗《くろぬ》りのハイヤーに乗り込み、走り去る。

今のって、冗談《じょうだん》、だよな……？　また会う機会なんて、あるわけがない。

なんだか妙な雰囲気《ふんいき》だった気もするけれど、気のせいだよな。

卓也は半ば呆然《ぼうぜん》として見送っていたのだけれど、その出来事は楔《くさび》のように胸奥《むなおく》に残されてしまったようだった。

一応、一国の王子だって言ってたけど、そんな人が、あんなこと、するか？

そんなふうに考えたせいか、どうしても気になってしまい、卓也はつい、インターネットでわざわざアルベールのことを調べてしまったのであった。

何気なく検索《けんさく》してみて、改めて驚《おどろ》く。

〝アルベール〟、〝王子〟など、適当な言葉で検索したのだが、それでも、驚くべき数の記事が表示されたからである。

それらの中には当然、報道機関が掲載《けいさい》するニュースの類《たぐい》もあったが、それ以外のほとんどが、彼のファンとでもいうべき人々の書いたものだった。

世界でも容姿端麗《たんれい》とされるプリンス・プリンセスをまとめて書いてあるものから、単にアルベール個人のファンまでと幅広《はばひろ》い。さらにそれは日本国内だけでなく、世界各地で似たようなサイトがあるようだった。ことにアメリカでは、毎年『最も美しい１００人』を選ぶ雑誌があるのだが、アルベールはここ数年必ず選ばれているほど人気が高いらしい。

そういったサイトでは、いわゆるパパラッチが撮影《さつえい》したとされる画像も多くアップされていて、アルベールの幼少の頃《ころ》から現在に至るまで、様々な写真が掲載されていた。あちらでは出歩く規制もゆるいのか、街中を一人で歩いているものまである。

違和感《いわかん》というか、なんだか、変な気持ちになるな……。

つい先日、目の前にいたはずの人が、パソコンの画面の中にいる。しかもそれについて、世界中の人が熱烈《ねつれつ》な言葉を添《そ》えているのだ。

そんな写真の中には、父王の戴冠式《たいかんしき》のときのものだという一枚まであった。王族として正装をしている彼は、豪華絢爛《ごうかけんらん》な国王の傍《かたわ》らでまったく見劣《みおと》りしていない。

王子っていうのは、嘘《うそ》じゃなかった……というか、やっぱり僕なんかとは、全然違《ちが》う世界の人なんだ……。

その他《ほか》にも、社交界デビューだという舞踏会《ぶとうかい》のときのものや、乗馬を楽しんでいる姿、園遊会で人々に声をかける様子なども紹介されていて、改めて身分の違いというものを感じる。

しかし掲載されているのはそれだけではないことに気付いて、卓也は思わず目を丸くした。

いわゆる〝熱愛写真〟まであったからだ。

プライベートらしき避暑地で美女と二人、手を繋《つな》いで歩いているものもあれば、どこかのイベントにエスコートしている姿まである。その他にも、乗馬や買い物、ビーチにヨットと、様々な場面が切り取られていた。

しかも信じがたいのは、それらに写った美女は、どれも別人ということである。金髪《きんぱつ》にブルネット、栗色《くりいろ》の髪《かみ》……容姿も人種も様々なようであったが、共通なのは、全員がいかにも女性らしいスタイルを持った美女ばかりというところか。

……本当に、別世界の人だよな……。

同じ男として、自分には逆立ちしても手が届かないだろう美女を伴《ともな》う姿に、強烈《きょうれつ》にそう感じてしまうあたりが我ながら情けない。

卓也は思わず苦笑《くしょう》したが、そもそも、披露宴での彼らの話題からして、そう感じさせるものであった。雅俊の披露宴に食事とともに供されたのは、いかにも世界を飛び回っている彼らしく、世界情勢から各国の経済、彼らのビジネスと多岐《たき》に亘《わた》っていたからだ。

卓也とて一応馬鹿《ばか》ではないが、いかんせん、身につけているのは一般《いっぱん》常識程度で、世情にも疎《うと》い。そのため、通常ならおそらくついていけずに、ただ黙々《もくもく》と聞いているふりをし続けるだけだったろうが、事あるたびに隣の席に座っていたアルベールがさりげなくフォローしてくれたので、意外と楽しんでしまったのだ。

たとえ歳が近かろうとも、特に友人でもない人たちとそういった場で歓談《かんだん》するなど、卓也にしてみれば本当に苦手なことだ。苦痛に近い。だからあの日も、正直なことを言ってしまえば、本当は行きたくなんてなかったのだ。

しかし、親友の雅俊に招待されたから、自分が二つ返事で出席することがお祝いの気持ちを表すことになるのなら、行かなくてはと思っただけだった。たとえぽつんとして居心地《いごこち》が悪かろうとも、親友の結婚《けっこん》を祝う気持ちは、人並み以上にあるのだから。

そう考えて、卓也なりに覚悟《かくご》を決めて出席したのだったが、予想外に楽しんでしまって、我ながら驚いた。

そしてそれ以上に意外だったのは、アルベールが卓也の話に興味を持ってくれたことである。いくらああいった場で楽しかったといっても、いつもなら、ただ黙《だま》って周りの話を聞いているだけだ。

卓也にしてみれば、自分が話すよりも他人の話を聞く方が楽しくて好きだということもあるし、自分の話など、同じ興味を持つ人でもなければ、面白《おもしろ》くもなんともないとわかっているせいでもある。今年は某《ぼう》流星群がよく見える年だから今からわくわくしているだとか、太陽の紅《こう》炎《えん》が立ち上る美しさについて想《おも》いを馳《は》せる話など、誰《だれ》が面白がってくれるというのか。

これまでの友人や家族の反応から、さすがにそのあたりは心得ていたから、特に話すつもりもなかったのだが、アルベールは、今卓也が何を学んでいるのかと訊《たず》ね、その延長でつい口にしてしまった話を、実に面白そうに、興味深そうに聞いてくれたのだ。

時折笑《え》みを噛み殺すような表情をみせながらも、その眼差《まなざ》しは温かく、卓也が話をやめようとするたびに優《やさ》しい声で先を促《うなが》してくれた。時には悪戯っぽい口調で突っ込みを入れながらも、いかにも興味を持っているような質問まで重ねてくれた。

そんなことは初めてだったから、つい嬉《うれ》しくて、夢中で話してしまったのである。

……まあ、あれはいわゆる、『社交』ってやつなんだろうけど……。

なにしろ相手は、現実の社交界に身を置く、本物の王子様なのだ。社交の場においては、相手の話に粗雑《そざつ》な態度は取れないだろう。たとえ全く興味がないことだって、興味深げに聞く訓練をしているに違いない。

そう思うとますます自分が情けなくなりそうだったが、卓也は軽く肩を竦《すく》めてそんな考えをやり過ごそうとした。

どうせ、これから先、一生会うことはないんだ。

そう断じると、ふと淋《さび》しいような気がしないでもなかったが、楽になる。

卓也は一つ息をついて、いつの間にか止まっていた手に意識を戻《もど》した。

階段状になっているこの教室にも、だいぶ学生が集まってきている。教授が来るまでにプロジェクターの準備をしてしまわないと、さすがにまずい。授業の補佐《ほさ》という、せっかく楽で割りのいいバイトだというのに、下らないミスでクビになってはもったいない。

改めて自分に言い聞かせ、卓也が持ってきたノートパソコンのセッティングをしていると、ふいにざわざわと学生たちが囁《ささや》き合うのが聞こえた。

何事だろうと顔を上げた卓也は、一瞬《いっしゅん》、自分の目を疑う。

階段状になった机の一番上、入り口付近に、アルベールの姿を見つけたからだ。

しかも彼の傍らには、見覚えのある年配の日本人男性が付き添っている。

あれって……うわっ、総長じゃないか……‼

当代の総長といえば、この大学の頂点に立つ偉《えら》い人というだけではなく、現代の日本の知性を代表するとまで世間に言わしめる評論家、重實康義《しげざねやすよし》である。卓也もさすがに著書を読んだことがあり、その骨太な思想に深く感銘《かんめい》を受けて尊敬している大人物だ。もちろん、普段《ふだん》は雲の上の人である。

そんな人が、アルベールを連れて、卓也に向かって、降りてくる。

嘘、だろ……。

信じられないことが二つも重なり、卓也はどうしたらいいかわからなくなって呆然としてしまう。しかしアルベールは全くそんなことには気付かない様子で、卓也と目が合うなり、小さく笑って軽く片手を上げてみせた。

青い柄《がら》シャツをジャケット代わりにボーダーシャツの上に羽織った彼は、インディゴ・ブルーのジーンズと鮮《あざ》やかな黄色の細い革《かわ》ベルトでそれらをカジュアルに着こなしている。

美しい金髪は洒落《しゃれ》たハットでさりげなく隠《かく》しているつもりのようであったが、いかんせん、その完璧《かんぺき》すぎるスタイルのせいか、生まれつき与《あた》えられた王者としての貫禄《かんろく》なのか、まるでハリウッドスターがやってきたかのような存在感を放っていた。学生たちの視線を一身に浴びている。

『久しぶり…とまではいかないか。君に会いに来たんだが、正門のところで警備員に止められてしまってね。驚《おどろ》かせたかったから、総長に迎《むか》えに来てもらったんだ』

ええ……!?

卓也が思わず重實の方を向くと、常に重厚《じゅうこう》な雰囲気《ふんいき》を持った偉人《いじん》が、小さく苦笑するのがみえた。アルベールを慮《おもんぱか》ってか、綺麗《きれい》な英語で口を開く。

『まさかアルベール王子と友人付き合いしている学生がいるとは、夢にも思わなかったよ』

『あっ、あの……すみません』

反射的に卓也が謝ってしまうと、重實はちらりとアルベールの方を見やる。

『しかし王子、本日はセキュリティも連れずにお越《こ》しとか。この学内に限って不届き者などいないと断言したいところですが、そうもいきませんからな。大使館には連絡《れんらく》を入れさせていただきますが、くれぐれもご自重いただきますように』

『わかりました。ですが、我が国から認められていることです。そんなに神経質になる必要はありませんよ』

アルベールが苦笑して頷《うなず》いてみせると、重實が再びこちらを見やる。

『学内を見たいと仰《おっしゃ》るので、君が授業補佐を務めている間に我々で案内することもご提案したんだが、やはり友人の君にしてもらいたいらしい。それまでは授業を見学したいそうだ。教授には私から話をしておいたから、頼《たの》んだよ』

『はっ…はい！』

尊敬する人の言葉に、卓也は思わず、考えることもなく姿勢を正して返事をしてしまう。

って、あれ……これで、いいんだっけ？

ようやく我に返って首を傾《かし》げたときには、すでに重實は教室から出て行くところだった。

おそるおそる傍《かたわ》らを振《ふ》り仰ぐと、アルベールが悪戯《いたずら》っぽい表情を浮《う》かべてこちらを見ている。

『この間の出会いがとても印象的だったから、もう少し君の世界を知りたくてね。雅俊の結婚式に合わせて遅《おそ》めのバカンスを取っているから時間もある。邪魔《じゃま》はしないから、いいだろう？』

言葉だけは殊勝《しゅしょう》だったが、卓也が断る暇《ひま》もなく、アルベールは当然のように隣《となり》に座ってしまった。そのとたんに彼がつけているらしい良い香《かお》りが漂《ただよ》い、卓也は反射的に赤くなる。

『どうした？』

からかうように顔を覗《のぞ》き込まれて、卓也は顔がますます赤くなっていることに気付いた。

自分でも、わけがわからない。

いくら王子で良い香りがするとはいえ、男に近づかれて顔を真っ赤にしているなんて、まるでこれじゃ女の子みたいだ。あまりにも日々、女性と接する機会が少なく、経験がないと、こんなことにまで動揺《どうよう》してしまうようになるのだろうか。

そんな自分が腹立たしくなり、卓也はそれを振り切るように囁き返した。

『別に、突然《とつぜん》来たからびっくりしただけです。それに、その格好、目立つし』

『そうか？』

アルベールは意外そうに目を瞠《みは》り、自分の格好を確かめた。

『これくらいの格好の方が目立たないだろうと思ったんだが……日本の大学生は、皆《みな》、お洒落で小綺麗《こぎれい》にしているだろう』

卓也はため息をついて小さく首を振ってみせる。

『それは私立とか……国立でも、うち以外の話ですよ。僕とか周りを見ればわかるでしょう？特にうちの学科は、みんな地味なんだ。貴方《あなた》みたいな人が来たら、目立って仕方がない』

別に自らを卑下《ひげ》するつもりではなかったのだが、そう言ったとたんに突然ぼさぼさの髪《かみ》が気になり、卓也は慌《あわ》てて頭の後ろの寝癖《ねぐせ》を直した。すると小さく笑ったアルベールが、まるで子供にそうするように、一緒《いっしょ》に寝癖を直してくれる。

『なんだ、直してしまうのか？　俺は、この寝癖がキュートだと思っていたのに』

『……っ！』

いくら外国の男だからとわかってはいても、気恥《きは》ずかしいものは、気恥ずかしい。しかも自分は、彼がいつも口説き慣れているだろう女の子ではなく、男なのだ。

まあ、でも……王子様とかお姫《ひめ》様とかがいる華《はな》やかな世界では、このぐらいが普通《ふつう》なのかもしれないな。

なんとなく御伽噺《おとぎばなし》や映画で見たことがあるイメージを思い浮かべながら、卓也は苦笑《くしょう》を漏《も》らしてアルベールの手を外した。

『そう考えるのは貴方だけだと思います。後輩《こうはい》の女の子には、いつも呆《あき》れられているし』

卓也がそう言って準備を進めようとすると、視界の端《はし》で、アルベールが頬杖《ほおづえ》をつきながら、からかうような眼差《まなざ》しをしたのがみえた。

『それじゃ、君のガールフレンドは？　恋人《こいびと》は、君のどこが好きだと言ってくれるんだ？』

突然踏《とつぜんふ》み込まれるような質問ではあったが、その前の言葉に動揺していることもあって、卓也は受け流す余裕《よゆう》も出せず、つい真正直に答えてしまった。

『そんな人、いません。僕は、貴方と違《ちが》ってもてないんです』

『へえ……』

アルベールはますます笑《え》みを深めると、もし卓也が女の子であれば、それだけで心を奪《うば》われてしまいそうな魅力《みりょく》的な表情を浮かべた。

『なぜ？』

『なぜって……』

あまりにもストレートに尋《たず》ねられたせいか、卓也は腹を立てるよりも面食《めんく》らってしまって、つい生真面目《きまじめ》に受け止めてしまう。

『それは貴方みたいに格好良くないし、女の子と出会うようなチャンスだって全然ないし、もしあったところで、うまく話もできないし……』

アルベールのペースに乗せられるまま卓也は思いついた端《はし》から口にしていたが、アルベールのような人の前でそんなぼやきを話していることがだんだん惨《みじ》めに感じられてくる。

『……とにかく、そういうのが僕は苦手なんです。自分でも損《そん》な性格だと思うけど、変えられないんだ、仕方がない』

半ば自棄《やけ》になってそう言ったが、アルベールはますます面白《おもしろ》がっているように唇《くちびる》の端を上げただけだった。

『それは皆、見る目がないな。君はこんなに面白いのに』

『面白いって……それは、興味深いって方の意味でしょう？　変わってるとか、妙《みょう》だとか。だいたいそれ、褒《ほ》め言葉じゃない』

卓也が思わず口を尖《とが》らせると、アルベールは小さく吹《ふ》き出した。さらにふざけるような表情をして、悪戯っぽく挑発《ちょうはつ》してくる。

『一応、絶賛しているつもりなんだが……それなら』

アルベールが何かを言いかけたとき、ちょうど教授が部屋の中に入ってきてしまったことに気付く。

やばい、まだ準備、全部終わってない……！

卓也は慌てて立ち上がり、配付資料を急いで学生たちに渡《わた》し始めたのであった。

授業が終わった後は総長からの指示に従い、卓也はアルベールを連れて歩き回ることになった。今日はゼミもバイトも入っていない日だから、時間もある。

『……そうは言っても、どこを案内すれば……どこか、見たいところとかありますか？』

卓也がそうたずねると、アルベールは小さな笑みを零《こぼ》す。

『普段《ふだん》、卓也がよく行く場所かな。大学のキャンパスなんて久しぶりだし、少し散歩もしたい』

アルベールはそこで言葉を切ると、ふと何かに気付いたような表情をみせる。

『ああそれから、敬語はやめてくれないか』

『えっ、でも……』

卓也が口ごもると、アルベールは小さく笑って肩《かた》を竦《すく》める。

『今日は友人として会いに来ているんだ。堅苦《かたくる》しいことは好きじゃない。それに卓也だっていちいち面倒《めんどう》くさいだろう』

『……わかりまし…………いや、わかった』

頷いていいのかわからないような気もしたが、アルベールに催促《さいそく》されて、いつも自分がよく行く場所を回ることにした。そうは言っても、そんなにたくさんはない。サークルに入っているわけでもないし、研究室はもう行ったというので、あとは図書館か学食くらいだ。

『へえ、カフェテリアか。懐《なつ》かしいな』

ただ広いだけで色気もそっけもない学食ではあったが、それなりに安くて、味も悪くない。だからよく使っているのだと卓也が説明すると、アルベールは予想以上に喜んだ。嬉《うれ》しそうにあちこちを見回したり、メニューをチェックしたりしている。

本人は気にもしていないようであったが、そんな彼の姿は、やはりどうしようもなく目立つ。一応昼時のピークからは外れている時間ではあったが、それでも学生がいないわけではないのだ。授業の合間、もしくはさぼってお茶をしている学生たちの視線が、さすがの卓也でもわかるほど、集まっているのがわかる。いくら男ばかりの環境《かんきょう》とはいえ、アルベールの際立《きわだ》った容姿は男でも見惚《みと》れてしまうし、ある女の子たちのグループなどは、興奮したように囁《ささや》き合っている。誰《だれ》かに見に来るようにと、携帯《けいたい》で連絡《れんらく》している者までいる。もちろん皆アルベールの正体は知らないはずだ。類稀《たぐいまれ》な容姿とその存在感だけで、ここまで注目されているのである。

やっぱり、すごい格好いいってことだよな。本当になんで、こんなところにいるんだろう。

思わずそんなことを考えてしまいながら、卓也が彼を見つめていると、アルベールはそれを見透《みす》かしたように片方の眉《まゆ》を軽く上げてみせた。

『どうかしたか？』

『いや……ちょっと意外だな、と思って』

『意外？　何が？』

『だから……こんな、学食にいて、しかも真剣《しんけん》にメニューチェックしてるし』

卓也の言葉に、アルベールはおどけるような表情をしてみせる。

『そうか？　俺も大学に通っていたとき、ずいぶんお世話になったからな。値段の安さはもちろんだが、友達と落ち合って食べるのも新鮮《しんせん》だったし、あるときなんかは、うっかり名物メニューにはまってしまって、仲良くなったパートのおばちゃんに頼《たの》み込んで一日だけ働かせてもらったくらいだ』

『一日だけバイト!?　って……なんで??』

意外すぎる言葉に卓也が目を丸くすると、アルベールは過去を思い出したように苦笑する。

『メニューのレシピは、公表しない決まりだったからな。まさか王家の威光《いこう》を笠《かさ》に着て、無理やり聞きだすわけにもいかないだろう？』

『それって……冗談《じょうだん》だろ？』

『まさか。父である国王の名に誓《ちか》う』

わざと生真面目な表情をして片手を上げたアルベールに負けて、卓也は思わず吹き出してしまった。アルベールはますます真面目腐《くさ》った顔をしてみせる。

『それから二ヶ月は、家でも作ってほぼ毎日食べていたな。三ヶ月目で、さすがに飽《あ》きたが』

『っかしいな、それ……』

ついげらげらと笑ってしまいながら、卓也はアルベールに対して急速に親近感が湧《わ》いてきていることに気付いた。

なんだ、いくら王子といったって、こんなに格好良くったって、やっぱり同じ人間だ。普通に話して、笑い合うことができるんじゃないか。

『それじゃ、せっかくだからうちの大学のメニューも試《ため》してみたら？　僕がごちそうするから』

そんな気持ちの延長で卓也がそう提案すると、アルベールは嬉しそうに笑う。

するとなんだか自分まで嬉しくなってしまい、卓也は先に立つと、小鉢《こばち》に盛られたおかずについて、ひとつひとつ説明してあげた。

学食に並んでいるものだから、外国人であるアルベールの口に合うかは心配だったけれど、彼は一つ一つ興味深げに覗《のぞ》き込み、楽しむように選んでいく。そんな姿もなんだか微笑《ほほえ》ましく、嬉しくて、卓也はついにこにこと見守ってしまった。

そうして会計を済ませ、だいたいいつも卓也が選んでいる窓際《まどぎわ》の隅《すみ》の席に陣取《じんど》ると、二人は向かい合って食事を始めた。遠くから追いかけるように取り巻いていた周囲の視線も、さすがに落ち着いてきたようであった。

卓也が選んだのは、焼き魚に豆腐《とうふ》と油揚《あぶらあ》げの味噌汁《みそしる》、きゅうりと蛸《たこ》の酢《す》の物にひじき、それにご飯。アルベールに合わせたわけではないのだが、一緒《いっしょ》に選んでいるうちになんとなく和食になってしまったのだ。アルベールの方は、焼き魚はさすがに選び難《がた》いと豚《ぶた》のしょうが焼きに変えていたが、その他《ほか》はすべて卓也と同じメニューである。

『へえ……やはりビネガーとは少し違《ちが》うな』

アメリカに滞在中《たいざいちゅう》、日本料理屋に何度か行ったことがあるということで、綺麗《きれい》に箸《はし》を使いながら、アルベールは面白そうに食事を続けていた。蛸は少し苦手だと言っていたが、小さく切られているので、そこまでは気にならなかったらしい。

『そういわれればそうだね、何が違うんだろう……原料かな』

いつも見慣れた日常風景の中にアルベールがいるのが初めは不思議だったけれど、こうして二人で向かい合って同じものを食べ、たわいない話をしていると、あまりに違和感《いわかん》のない空気に、徐々《じょじょ》になんだか面白くなってくる。

卓也がつい微《かす》かに笑《え》みを漏《も》らしてしまうと、アルベールがどうしたというような表情をした。

『いや……なんか、面白いなと思って。貴方《あなた》みたいな人がうちの大学の学食にいて、一緒にご飯を食べてるなんてさ。しかも、妙《みょう》に馴染《なじ》んでるし。普段から、いつもこんな調子なのか？』

笑いながら卓也が訊《たず》ねると、アルベールはふと、我ながら自分のことを面白がっているような、会話の行き先を楽しむような眼差《まなざ》しをした。

『さあ、どうかな。いくら休暇《きゅうか》中とはいえ、ここまではしたことがないかもしれない』

『えっ、そうなのか？　それは意外……あ、意外といえば、王族の人たちでも、長期休暇ってあるんだね』

またしても唐突《とうとつ》な卓也の疑問に呆《あき》れたのか、アルベールは小さくため息をつくと、肩を竦めてみせた。

『ああ。特に今は民間企業《きぎょう》に勤めてるから、普通《ふつう》の人と全く同じだ』

『へえ……民間企業に勤めてるっていうのが、また意外だな。仕事って、何をやってるの？』

何気なく聞いてしまってから、卓也は自分ばかりが立て続けに質問してしまっていることに気付いて、少し慌《あわ》てる。

『あ……ごめん。なんか、僕ばっかり質問して』

もし自分がそうされたら戸惑《とまど》ってしまって、居心地《いごこち》すら悪く感じることが多いというのに、疑問に思うと放っておけなくて、ついしてしまう。

かといって、急に別の話題を引き出せるほど器用ではないから、卓也は少し困って俯《うつむ》きかけた。すると同時に、アルベールがおかしそうに唇《くちびる》の端《はし》を上げたのが見える。

『別に、嫌《いや》なことじゃない。むしろ、興味を持ってもらえて嬉しいよ』

『あ……そう？　なら、よかった』

卓也がほっとして笑顔を見せると、アルベールは気にしていないというように先を続ける。

『今俺が勤めているのは、王立銀行の投資部門だ。国を豊かにするには、まずは経済のことを専門的に知らなくてはと考えてビジネススクールまで進学してみたんだが、いざ行ってみたら、やっぱり実際に働かないと意味が無いと考えるようになった。だから王である父親に直談判《じかだんぱん》して、数年間はアメリカの投資銀行で働き、それから国に帰ってきたんだ』

アルベールはそこで言葉を切ると、少しからかうような表情を浮《う》かべる。

『先ほどから驚《おどろ》かれてばかりいるが、ヨーロッパ諸国の中でも我が国の王室はオープンなことで有名なんだぞ』

『ふうん』

卓也が相槌《あいづち》をうつと、アルベールは笑って頷《うなず》いてみせる。

『色々な例はあるが、俺自身のことで言えば、幼稚園《ようちえん》から中学校までずっと市立の学校に通っていた。その時の友達も、普通に王宮に遊びに来ていたし』

『へぇえ……！』

思わず目を丸くすると、アルベールはおかしそうに目を眇《すが》める。

『そこから先は、さすがにパブリックスクールを選ぶことになったが、全寮制《ぜんりようせい》だ。男ばっかりというのが難点ではあったが、兄弟や家族といった雰囲気で面白《おもしろ》かったな。勉強もしたが、それ以上に悪ふざけなんかも盛大にやっていたから、よく舎監《しやかん》に呼び出されては怒《おこ》られていた』

『意外だな……王子様っていったら、王宮の中で家庭教師がつくのかと思っていた』

卓也が素直《すなお》に思ったままを口にすると、アルベールは笑みを深めて首を横に振《ふ》ってみせる。

『まさか。先代の女王、つまり俺の祖母が先進的な考えをもった人だったからな。気骨のある人だから、おかしいと思うことはすべて正して、我が王室も少しずつ変わってきたんだ。王族といえども国民と同じ、ただの人間。だとしたら皆《みんな》と同じ経験を少しでも多くするべきだ。そうしないと皆が考えていることはわからない、とね』

そう話すアルベールの表情は活《い》き活きとして、いかに彼が祖母を愛し尊敬しているかが伝わってくる。卓也がそう伝えると、アルベールはますます笑みを深めた。

『ああ、祖母のことは尊敬している。こんなこと、わざわざ言うのも恥《は》ずかしいが、やはり国を良くするためには、彼女のような努力が必要だと思うんだ。長い統治の歴史に甘えて国民のことがわからなくなってしまうようでは、王室が存在する意味が無い』

アルベールはそう言い切ると、ふと当時を懐《なつ》かしむような表情を浮かべた。

『久しぶりに思い出したが、パブリックスクール時代には、よく週末に祖母のところへ遊びに行ったものだ。学校と彼女が住んでいる場所が近くて、歩いて行けたからな。行くと祖母も喜んでくれて、よく一緒《いっしょ》に乗馬をしたり、お茶を飲んだりした。それで、色々と話をしてくれるんだ。彼女が女王だったときの話とか、当時どういうことを考えていたかとか』

そこでふと我に返ったような眼差しをすると、アルベールは少し照れたように苦笑《くしょう》する。

『あとは、当時の社会情勢やこれから自分たち王族がどういう行動を取るべきか、なんてことについても盛んに議論したな。今思うと青臭《あおくさ》くて恥ずかしいが』

そう言った彼の表情がちょっと可愛《かわい》らしく思えてしまい、卓也もつい微笑んでしまう。

やはり王子という先入観があるせいか、どうしても悪い人間には思えないのだ。それに庶民《しょみん》的な一面を知ってしまったこともあって、親近感というか、妙な安心感というか、王族に対する緊張感《きんちょうかん》というよりそちらが勝って、なんとなく好意を持ってしまうのである。

それに反撥《はんぱつ》する理由もないから、卓也はそのまま、素直に口を開いた。

『もし僕が貴方の国の国民だったら、そこまでちゃんと真剣《しんけん》に考えてくれているなんて、嬉《うれ》しいと思うな。自分のなすべきことをきちんと考えているなんて、すごく意外だ。僕は今まで』

そこまで言いかけてから、卓也はふと、さすがに憚《はばか》られるような気がして口を噤《つぐ》んだ。するとアルベールが小さく笑って先を促《うなが》す。

『今まで、何だ？』

『いや……別に』

『気にしないから、続けて』

卓也は困ってアルベールを見たが、彼は面白そうに頬杖《ほおづえ》をついて先を待っている。

その眼差しは、かつて卓也のつまらない話を聞いてくれたときと同じ好奇心《こうきしん》を宿していたから、卓也はつい押し切られてしまった。

『僕は今まで……王家とかそういうのって、たまたま、そこに生まれついただけのことだろう、ぐらいにしか思っていなかったんだ。だから、君が国民のことを当然のように真剣に考えているのが、ちょっと新鮮《しんせん》だったというか……』

卓也が恐《おそ》る恐るそう言うと、アルベールはわざと冗談《じょうだん》に紛《まぎ》らわせるように軽く目を瞠《みは》ってみせた。そして悪戯《いたずら》っぽく唇の端を上げると、少し言葉を選ぶような表情をして、口を開く。

『確かに俺は、偶然《ぐうぜん》王室に生まれついただけだ。だが、そこから先の人生は、自分で選ぶことができると信じている。せっかくの機会を活《い》かして世界に貢献《こうけん》するのか、自分の幸せだけを追求するのか……』

アルベールはそこで言葉を切ると、ふいに表情を改め、何かに誓《ちか》うような真摯《しんし》な眼差しをした。美しく澄《す》んだ青い瞳《ひとみ》が、真剣な光を帯びて、ますます美しく見える。

『俺は、機会を活かす方を選んだ。それだけだ』

『そっ……か……』

やっぱり、凄《すご》い人、なんだな。

彼の態度に胸を打たれたような気持ちになり、卓也は思わず言葉を失った。

するとアルベールは、二人の空気を切り替《か》えるように、にやりと笑ってみせる。

『……なんて、少し偉《えら》そうなことを言ってしまったが、基本的には俺だって、君と変わらないただの男だ。バカンスにだって行くし、気になる相手がいれば、当然誘《さそ》う』

アルベールはそこで言葉を切ると、ゆっくりと卓也を見つめ直して、まるで甘い謀《はかりごと》でもするかのように眼差しに笑みを滲《にじ》ませた。

『それでは今度は、こちらから質問してもいいかな？』

『え、うん。もちろんいいけど』

一体何を聞かれるのかと卓也が目を丸くしてみせると、アルベールはたいしたことじゃないというように片方の眉《まゆ》を上げてみせた。

『卓也がこの学食を使っているというのはわかったが、いつもは誰《だれ》と食べているんだ？』

予想もしなかった質問に卓也が目を瞠ると、アルベールは小さく笑って軽く頬杖をついた。

『いくら院生とはいえ、ここにたどり着くまでに、友人らしき人物とは誰ともすれ違《ちが》わなかった。それに今、卓也も俺と同じメニューを食べているということは、いつもあの授業が終わってから食事をしているということだろう？　だからちょっと気になったんだ。まさか俺と一緒《いっしょ》にいるから、友人に声をかけなかったり、習慣を変えたりしているのかと思って』

『いや、そんなことはないよ』

驚くようなことを尋《たず》ねられて、卓也は目を白黒させた。

だが次の瞬間《しゅんかん》、ふと、こんなことを尋ねるというのは、そういうふうに対する人が彼の周りには多いのかもしれないなどと感じる。そう思うとなんだか気の毒なような気がして、卓也は殊更《ことさら》正直に答えてしまった。

『僕は、元々友達が少ないんだ。誰かと会えば話くらいするけど、わざわざ誘い合って食事をするようなことはない。ゼミの後とか、そういう場合はまた別だけど……それにだいたい、今日貴方《あなた》が来るなんて知らなかったんだから、習慣を変えられるわけがない』

卓也がそう苦笑してみせると、アルベールはゆっくりと目を眇めてみせる。

『なるほど……ということは、あまりたくさんの人と交流するのは得意じゃないのかな。さっき、授業の前にも、似たようなことを言っていたし』

『え？　うん、まあ、そうかな……そういう場所は好きじゃないし、そもそもそういう機会もめったにないし』

何気なくそう答えると、アルベールはその言葉を待っていたかのようににやりとした。

『そうか。それなら、明日の夜、一緒に出かけよう』

『はあ？』

思わず卓也が素直すぎる反応を示してしまうと、アルベールは吹《ふ》き出しながら姿勢を戻《もど》す。

『日本にいる友人から、チャリティ・パーティに招待されているんだ。テーマがブラック＆ホワイトだから参加しやすいし、色々なゲストが来て面白いと思う。どうだ？』

『どっ、どうだって……』

突然《とつぜん》過ぎるし、なぜこんな話になっているのかわからない。

『いや、無理だよ。そういうところは苦手だし、だいたい、着ていくものもないし……』

卓也の反応を予想していたかのように、アルベールは笑いを噛《か》み殺すような表情をみせる。

『着ていくものなら、この間、雅俊の結婚式《けっこんしき》に着てきた黒のスーツがあるじゃないか。ドレスコードにもぴったりだ』

『う……でも』

次の言葉が思い浮《う》かばず、卓也が思わず口ごもってしまうと、アルベールはさらに笑《え》みを深めて、唇《くちびる》の端《はし》を上げた。

『それに、さっき、誰かと出会うチャンスがないって言っていただろう。損《そん》な性格だと思うが、変えようがないって』

『それは……言ったけど、でも』

卓也はさらに言い募《つの》ろうとしたけれど、アルベールの微笑《びしょう》にあっさりと攫《さら》われてしまう。

『これがまさにそのチャンスってやつだ。場数さえ踏《ふ》めば、たとえ性格がどうでも最低限のことくらい苦もなく果たせるようになる』

そう言い切ると、アルベールはなぜかこちらを誘うような、唆《そその》かすような眼差《まなざ》しをした。

『恋《こい》がしたいのならば、俺が色々と教えてやるよ』

『ええ？』

突拍子《とっぴょうし》もないような提案に卓也が面食《めんく》らったとたん、アルベールはこちらを煙《けむ》に巻くかのように、にっこりと微笑《ほほえ》む。

『それに将来どんな仕事をするにせよ、人間関係は大切じゃないのか？　特に学者になるとすれば、天文関係の研究には膨大《ぼうだい》な予算もかかるし、たった一人で行うわけにはいかないだろう。プロジェクトが大きくなればなるほど、世界中の学者と顔を合わせたり協力したりすることが多くなるはずだ。違《ちが》うか？』

卓也はつい後先も考えずに頷《うなず》いてしまった。

『まあ……確かに』

咄嗟《とっさ》に意見を求められた上、いかにも王子様然とした微笑みで和《なご》やかに押し切られてしまい、
するとアルベールはにやりと笑って、話がついたというように、軽く両手を開いてみせる。

『では、決まりだな。俺が色々と教えてやるよ。明日六時に迎《むか》えに行く』

『えっ…ええ!? いや、ちょっ……』

卓也は慌《あわ》てて断ろうとしたけれど、もはやそこから覆《くつがえ》すことはできず、流されるまま、パーティに出席する段取りを決められてしまったのであった。


まさか自分がチャリティ・パーティなんてものに出席することになるなんて。

卓也は何十回目かの後悔《こうかい》をしながら、自分の部屋でうろうろしていた。

あれが単なる冗談で迎えになんて来なければいいのにとも思ったけれど、まさかあそこまで段取りを決めておいて来ないわけがないだろう。緊張《きんちょう》のせいか、そんなことまで自分と問答してしまいながら、卓也は仕方なく例の一張羅《いっちょうら》に着替《きが》えることにした。

しかしやはり一枚きりのシャツは雅俊の披露宴《ひろうえん》で着たばかり。まだクリーニングに出していなかったことに気付いて、慌てて皺《しわ》を伸ばすことになる。

あー、もう、いいか……！

ほんの少し手をつけたところで面倒《めんどう》くさくなり、卓也が袖《そで》を通していると、珍《めずら》しく携帯《けいたい》電話が鳴り響《ひび》いた。友達が少なく電話自体も嫌《きら》いなせいで、普段《ふだん》はほとんど鳴らないし、鳴っても煩《うるさ》くないようマナーモードにしている。しかし今日は、アルベールから卓也のアパートの前に着いたら連絡《れんらく》すると言われていたから、着信音に切り替えていたのだ。

卓也が慌てて電話に出ると、やはり彼で、部屋まで迎えに行くから部屋番号を教えてくれと言われた。準備さえできていれば、すぐに降りて行くと言えたのだが、いかんせん、まだ、ようやくシャツを着たところである。待っていてもらうこともできたが、一般《いっぱん》的な日本人学生の部屋を見たいと言われて、つい断り切れなかった。

ちらりとアパートの窓から外を見ると、いつの間にか、目の前の狭《せま》い路地に黒塗《くろぬ》りのハイヤーが停《と》まっていた。周りの風景と馴染《なじ》んでいないのが妙《みょう》におかしい。

思わず苦笑《くしょう》してしまいながらズボンを穿《は》いたとき、部屋のチャイムが鳴る。

『はいっ……ちょっ…待って！』

皺だらけのシャツを少しでも隠《かく》そうと、卓也はジャケットを着込みながらドアを開けた。

そのとたんに、目の前に花束が差し出される。

『えっ……』

仰天《ぎょうてん》して反射的にのけぞると、悪戯《いたずら》っぽく笑うアルベールの声が聞こえた。

『さっそくではあるが、レッスン一だ。エスコートする相手は部屋まで迎えに行って、花を贈《おく》ること』

『なっ……』

からかわれたのかと卓也が顔を赤くしながら、さらに大きくドアを開けると、アルベールがくすくすと笑いながら立っていた。

彼が身に纏《まと》っているのもごく普通《ふつう》の黒いスーツであったが、そういうことに疎《うと》い卓也がひと目見ただけでもわかるほど上質そうで、まるで正装しているような気品に満《み》ち溢《あふ》れていた。

そんなアルベールが、そう大きくはないが花束を持って微笑み、立っている様子は、まさしく王子様という存在感であった。背景は卓也の住まうおんぼろアパートであったけれど、そんな場所でさえ、彼がいると特別なところのように思える。

『えっと……まだ、ネクタイを結んでないから、もう少し待っててもらえるかな。もしよければ上がってもらって……汚《きたな》いところだけど』

『では、遠慮《えんりょ》なく』

アルベールはそう微笑むと、ごく当然のように卓也に花束を手渡《てわた》してきた。

思わず受け取ってしまってから、卓也は慌てて返そうとする。

『こ…んなの、困るよ。僕は女の子じゃないし、せっかくもらっても枯《か》らしてしまう。花瓶《かびん》だってないし』

卓也はそう言ったのだけれど、アルベールは軽く笑って眉《まゆ》を上げてみせた。

『別にグラスに活《い》けておくだけでも構わないんだが……この俺に、贈った花束を持って帰れというのか？』

そう言われてしまうと、確かに、失礼なことかもしれない。

卓也が思わず言葉に詰《つ》まると、アルベールは悪戯っぽい笑みを零《こぼ》した。

そして、卓也が持っている花束の中からいい具合に綻《ほころ》んでいる白いバラの蕾《つぼみ》を抜《ぬ》き出すと、内ポケットから、小さな銀の筒《つつ》のようなものを取り出す。それは手の中にすっぽりと隠れてしまうほど小さく、華奢《きゃしゃ》できらきらと輝《かがや》いていた。

アルベールはその筒の中にバラの蕾を挿《さ》すと、卓也の襟元《えりもと》に差し込んでしまう。

『え……？』

卓也が驚《おどろ》いて俯《うつむ》くと、スーツの襟元に開いていた穴の中に、すっぽりとその銀筒が納まっていた。そしてその穴にひっかけるようになっている部分が、小さいけれども、花束のようなデザインになっているのだ。リボンまでが繊細《せんさい》につくられていて、白いバラの蕾が、まるで花束のようにあしらわれている。

『こちらをもらってくれるのなら、花束は持って帰ろう』

茶目《ちゃめ》っ気たっぷりにアルベールに囁《ささや》かれ、卓也は戸惑《とまど》ったように顔を上げた。

『これ、何……？』

戸惑ったような表情がおかしかったのか、アルベールは蕩《とろ》けるような笑《え》みを零した。

『フラワーホルダーというものだ。スーツのこの部分のことを、フラワーホールと呼ぶのは知っているか？　本来は詰め襟として着ていた頃《ころ》の名残《なごり》らしいが、ここに生花を挿すとパーティにふさわしい華《はな》やかさが出る。水も含《ふく》ませられるようになっているから、出かける前に入れた方がいいな。花が長く保つ』

『でも、こんなの……高いんじゃないのか？』

おそるおそるたずねた卓也の言葉に、アルベールはますます笑みを深めた。

『レッスン、その二。贈られたものの値段は尋《たず》ねないし、答えないこと』

アルベールはにやりと笑うと、卓也の顎《あご》を掬《すく》うようにして上向かせた。

『もし君が女性なら、ここでキスでもして誤魔化《ごまか》してしまうところだが……どちらがいい？　キスか、それともフラワーホルダーか』

まるで本当にキスされそうなほど、顔が近い。アルベールの整った貌《かお》と、甘く輝くような青い瞳《ひとみ》に搦《から》め捕《と》られてしまうような気がして、卓也は焦《あせ》って口を開いた。

『わっ…かった、わかった！　受け取るよ!!』

悲鳴のような声を上げると、アルベールは悪戯っぽい笑みを零しながら解放してくれる。

『いい子だ。ご褒美《ほうび》にネクタイでも結んでやろうか？』

『結構です！　っていうか、うち、土足厳禁だから！　靴《くつ》を履《は》いたまま、部屋に上がるな！』

自棄《やけ》になって卓也がそう怒《おこ》り返すと、アルベールはますます楽しげに笑う。

『これは失礼。わかったから、早く支度《したく》をしてくれ』

なんか、すごい、心臓に悪いんだけど……。

まだどきどきしている胸の鼓動《こどう》を持て余しながら、卓也はネクタイを結び始めた。


アルベールは友人だけの気楽なパーティだなんて言っていたけれど、連れて行かれたのは、卓也でも名前を聞いたことがある都内の超高級《ちょうこうきゅう》ホテルであった。

そのオリエンタルでモダンな広いロビーの雰囲気《ふんいき》にも圧倒《あっとう》されたけれど、それ以上に、アルベールと自分を取り巻くボディガードたちにも気圧《けお》されていた。今日はさすがに、彼が乗ってきた黒塗りのハイヤーはもちろん、その前後を護《まも》るように車が付き従ってきたのである。

もちろん、それなりの距離《きょり》を保ってついてきてはいたが、普段ではありえない経験に、ついどぎまぎしてしまう。なにしろ、ホテルの支配人らしき人物が、必要以上に目立たないように、しかし丁寧《ていねい》に、出迎《でむか》えにまで来ているのだ。

そうはいってもそれが日常であるらしいアルベールは、まったく気にしていない様子で支配人の挨拶《あいさつ》を受けると、颯爽《さっそう》と会場に向かう。

そこに至るまでのロビーには、やはり華やかな格好をした老若男女《ろうにゃくなんにょ》が集《つど》っていたが、皆《みな》、すぐにアルベールの存在に気づき、何かに打たれたように彼に視線を奪《うば》われていた。

その表情からいっても彼が王子だと知るものは少ないようであったが、皆、自然と道を空けていく。身分を知らない人々であっても、アルベールのただならない存在感は彼らに何かを感じ取らせるのだろう。

アルベールが身に纏っているのは、いかにも王子らしい礼服などではなく、ごく普通の黒いスーツだ。漆黒《しっこく》で艶《つや》やか、ひと目で上質なものとわかるそれは、おそらく高級ブランドのものであろうが、このホテルのロビーであれば、似たような高級なものを着ている者は多いはずだ。

それでも彼の存在が際立《きわだ》っているのは、やはりその類稀《たぐいまれ》なる容姿のせいであろう。

人として完璧《かんぺき》だとため息をついてしまうようなスタイルの良さに加えて、輝くような金髪《きんぱつ》に、知性と甘さを兼《か》ね備《そな》えたような青い瞳、加えてどこか精悍《せいかん》さを感じさせるような顔だち。

さらにその振《ふ》る舞《ま》いには、隠しても隠し切れないような気品が感じられるようで、ただ見つめているだけで満足してしまうような何かがある。

やっぱり、王子だからかな……。

卓也は密《ひそ》かに感心していたが、それは会場に足を踏《ふ》み入れたとたんに顕著《けんちょ》になった。

アルベールが会場であるボールルームに姿を見せたとたん、会場内の雰囲気が明らかに変わったからだ。

ゲストには、日本人はもちろん様々な人種が見受けられたが、皆、高価そうなスーツや豪奢《ごうしゃ》なドレスを身に纏い、いかにも物慣れた様子でパーティを楽しんでいる人ばかりだった。どうやら芸能人やスポーツ選手も数多く参加しているらしく、名前は良く知らないけれども、卓也ですら見たことがある男女もちらほら見かける。粋《すい》を凝《こ》らしてこの場を楽しんでいるような人々も多く、洒落《しゃれ》た格好をして、笑いさざめいている。

そんな彼らは、今夜のアルベールがプライベートで来ていることを熟知しているようで、無粋《ぶすい》に騒《さわ》ぎ立てたりはしない。

しかし、明らかに彼の登場に興奮したような雰囲気を漂《ただよ》わせると、アルベールが近くを通るのに合わせて次々と礼を尽《つ》くしてきた。男性であれば場の雰囲気を崩《くず》さないよう会釈《えしゃく》をするし、女性は軽く片足を引いて美しく腰《こし》を落とす。それがアルベールの歩みに合わせて行われていく様は、まさに謁見《えっけん》というにふさわしい光景であった。

……凄《すご》すぎる、よな……。

たとえ自分は無関係だとわかっていても、こんなにたくさんの男女から敬意を払《はら》われる中を歩いていくのは、居心地《いごこち》が悪い。

しかも、大勢の人の中を歩いていくのは思った以上に難しいのだ。

皆、アルベールに対しては道を空けてくれるのだが、地味な卓也にはなかなか気づきにくいらしく、歩いているすぐ目の前でアルベールに対して敬意を示すために立ち止まってしまう。それをよけるのも大変だし、すぐに人にぶつかってしまうのだ。下手《へた》をするとそのまま、どん、どん、どんと押し流されて、アルベールに遅《おく》れるどころか、全然違《ちが》う方向に行ってしまいそうになる。

そりゃ、こうなるのが当然なのかもしれないけど……ぅわっ……くそっ……。

あたふたとしつつも雛《ひな》のようにぴょこぴょこと、卓也が必死になって歩いていると、アルベールがとうとう堪えきれないとでもいうように、小さく吹《ふ》き出すのがみえた。

次の瞬間《しゅんかん》、ぐいと肩《かた》を抱《だ》き寄せられる。

『ぅわっ……！』

小さく驚きの声を漏《も》らすと、耳元で低く笑うアルベールの声が響《ひび》く。

『エスコート不足で大変失礼した。大丈夫《だいじょうぶ》か？　腕《うで》でも組んで歩こうか』

『っ……いいよ、大丈夫！』

卓也は慌《あわ》ててそう答えつつも、さりげなく距離を取ったが、からだはそこまで上手に心を隠《かく》してくれないようであった。みるみるうちに頬《ほお》が赤くなっていくのがわかる。さらにじわりと耳たぶまでが染まってしまうのを感じた。

……いくら綺麗《きれい》な人だとしても、同じ男相手に、何を動揺《どうよう》してるんだ!?

そう気付いたとたんに猛烈《もうれつ》に恥《は》ずかしくなり、卓也は一瞬我を忘れた。

するとからかうように笑みを含んだ甘い声に呼ばれて、反射的に飛びのいてしまう。

『……卓也？』

『いやっ、大丈夫だから！』

その瞬間、アルベールの声が低く緊迫感《きんぱくかん》のあるものに変わる。

『卓也……！』

『えっ？』

『きゃあ！』

どん、と誰《だれ》かにぶつかったような鈍《にぶ》い感触《かんしょく》とともに、若い女性の悲鳴が響いた。ざわりと周囲がどよめいたのがわかる。

卓也がぶつかった女性が、目の前に立っていた友人らしき若い女性に、持っていたカクテルをぶちまけてしまったのだ。

繊細《せんさい》なレースが美しい真っ白なドレスが、みるみるうちにカシスオレンジの色に染まっていくのが見える。橙《だいだい》の混じった濃《こ》い紫《むらさき》が、まるで質《たち》の悪い伝染病《でんせんびょう》のような印象を与《あた》える。

「ごっ……ごめんなさい!!」

零《こぼ》してしまった女性と同時に卓也も二人に謝ったのだけれど、かけられた女性は、あまりのことに口もきけないようだった。ショックのあまり、大きな瞳に涙《なみだ》が滲《にじ》むのがわかる。なにしろまだ、パーティは始まってもいないのだ。さすがの卓也にも、その気持ちはわかる。

気持ちがわかったところでどうすればいいのかわからず、卓也もパニックに陥《おちい》りそうになる。

どっ……どうしよう⁉

するとそのとき、視界の隅《すみ》を誰かが横切った。

『私の連れが、大変失礼を致《いた》しました』

アルベールだ。彼は礼を尽くして謝罪すると、何の躊躇《ためら》いもなく自分のジャケットを脱《ぬ》ぎ、彼女にそっと着せかけた。そして状況《じょうきょう》を知って飛んできたボーイに何事かを囁《ささや》くと、彼女を護るように肩を抱き、会場の外に連れ出す。卓也が慌てて後を追いかけると、呼ばれて急いでやってきたらしい支配人と何かを打ち合わせしていた。

支配人はすぐに頷《うなず》くと、まずは女性客にアルベールの素性《すじょう》を簡単に紹介《しょうかい》して、安心するよう告げる。それからてきぱきとボーイに指示を出し始めた。そのうちの一人がアルベールたちを先導するように歩き出す。

そうして案内されたのは、最上階にあるスイートルームだった。

まるで豪邸《ごうてい》のように、玄関《げんかん》があり、そこを抜《ぬ》けると広いリビングとダイニングスペースが広がる。目の前に広がるのは、美しい都内の夜景だ。

ドレスを汚《よご》された女性も、一瞬、状況を忘れたように立ち竦《すく》んでいたが、アルベールは再び丁寧に彼女に声をかける。

『失礼ですが、英語を話すことはできますか？』

『あ……ええ。少しだけなら』

彼女の言葉に微笑《ほほえ》むと、アルベールはまるで淑女《しゅくじょ》を扱《あつか》うように、丁寧《ていねい》に彼女に話しかけた。

『私の連れの償《つぐな》いをさせてください。そのドレスに対する弁償《べんしょう》はもちろんですが、とりあえず今、パーティに参加するために、代わりのドレスとヘアメイクができる者を用意させています。この部屋も自由に使っていただいて構いません。まずはシャワーを使いますか？　ボーイに案内させますが』

『あ……いえ、そこまでは……』

あまりのことに面食《めんく》らったような表情を彼女が浮《う》かべたとき、ノックの音とともに何人かの人々が入ってきた。皆、洗練された容姿の女性ばかりで、両手一杯《いっぱい》に様々なデザインの白いドレスや小物が入っているらしき紙袋《かみぶくろ》を抱《かか》えている。その紙袋には、卓也でも目にしたことがあるような、超高級《ちょうこうきゅう》ブランドのロゴが印字されていた。このホテルに入っているブランドらしい。

アルベールは、ようやく状況を呑《の》み込んだらしく恐縮《きょうしゅく》し始めた彼女に丁寧に接して、ドレスや靴《くつ》を決めさせていく。

それは本当に心から申し訳なく思っていることを示すような、誠実な態度だった。傷つき、戸惑《とまど》っていた彼女の表情も、次第《しだい》に晴れやかになっていくのがわかる。

最後には、選んだドレスに身を包み、ヘアメイクまで施《ほどこ》された彼女は、輝《かがや》かんばかりに美しくなっていた。

そしてアルベールに会場までエスコートされると、事情を知っていた人々から、感嘆《かんたん》のどよめきが起こる。カクテルをかけてしまった方の女性にも安堵《あんど》の微笑みが浮かび、彼女は次々に人に囲まれ始めた。

よかった……。

一連の出来事の間中、息を詰《つ》めるようにしていた卓也は、ほっとして会場の隅に寄りかかった。

そこから眺《なが》めるアルベールたちは、まさに華《はな》やか。

卓也などとは、全く別世界にいるように思える。

小さく息をついたとたん、卓也はようやくあることにまで考えが至る。

僕《ぼく》は……何をやってるんだ？

今の今まで、自分はただ見ていただけだ。

自分がやらかしてしまったことだというのに、相手に一言謝っただけで、後はアルベールに任せきりである。ドレスを台無しにされてしまった女性への正式な謝罪も、その後のフォローも何もかも、みんなアルベールにやらせてしまったのだ。

何をやってるんだ、僕は……。情けない……。

自己嫌悪《じこけんお》に呻《うめ》きかけたとたん、卓也はさらにもう一つのことも思いつく。

あんなに高価なドレスに、スイートルーム……どうしよう。自分に、払えるだろうか。

卓也は一瞬にして血の気が失《う》せる心地がしたが、アルベールに対して、感謝以外の気持ちなど起こるわけがない。

それにだいたい、まだそのお礼すら伝えていないのだ。

……よし。

卓也は深く息を吸い込んで覚悟《かくご》を決めると、アルベールの傍《そば》に近づいていった。

彼の周りで歓談《かんだん》している人々の邪魔《じゃま》をしないように、そっと彼の上着を引っ張る。

『何だ……？』

まるでお礼を言われることなど予想もしていないというような雰囲気《ふんいき》で、アルベールがこちらを振《ふ》り向く。そんな彼と視線が合ったとたん、突然《とつぜん》、これまで以上に彼が魅力《みりょく》的に見えたような気がした。なぜか、一気に顔が赤くなるのがわかる。本当はまっすぐに顔を見つめてお礼を言いたいはずなのに、つい俯《うつむ》いてしまう。

『どうした？　卓也』

驚《おどろ》いたようにアルベールが顔を覗《のぞ》き込んでくれて、卓也はますます自分が情けなくなった。

恥ずかしくて、耳まで真っ赤になっているのがわかる。

『めっ…迷惑《めいわく》かけて、ごめんなさい。それに助けてくれて、ありがとう……かかった費用は、何年かかったとしても、絶対に返すから』

感情が昂《たかぶ》ったせいで思わず泣き出しそうになってしまい、震《ふる》える声で、縋《すが》るように見上げてしまった。その瞬間《しゅんかん》、アルベールの青い瞳《ひとみ》が、燃え上がるような表情を浮かべたのがわかる。

驚いている暇《ひま》もなく、腕《うで》を引っ張られるようにして会場から連れ出された。

『なっ、どっ……』

どうした、と尋《たず》ねる間もなく太い柱の陰《かげ》に連れ込まれ、彼の腕に閉じ込められるように背中を押し付けられてしまう。

『なっ…何？』

なんとなく二人の間の雰囲気が変わったような気がして、怖《こわ》いような気持ちになりながらそう尋ねると、アルベールがほんのわずかに唇《くちびる》の端《はし》をあげるようにして微笑んだのが見えた。

『あまりにも可愛《かわい》らしい顔をするからだ。別に、費用など払《はら》う必要はない』

『だっ、だって』

『あれは、俺のしでかしたミスだ。ふざけてお前を抱《だ》き寄せた、この俺に責任がある』

『でも』

卓也が言い募《つの》ろうとすると、アルベールがふとこちらの目元に視線を落とした。

『そんなことより、ネクタイが曲がってるぞ』

『え……あ』

俯いてみると、確かにその通りだ。話を逸《そ》らされているのはわかっていたが、これを直さない限りは、聞いてくれそうもない雰囲気である。

仕方なく、卓也は急いで直そうとしたが、慣れないことでさらにひどくしてしまった。

するとアルベールが小さく笑った気配がして、ゆっくりと手が伸《の》ばされる。

『馬鹿《ばか》だな……こうやるんだ』

まるでくちづけるかのように耳元で低く囁かれて、ついどきりとしてしまう。

そのまま、結び目に指先を入れられ、ゆっくりと引き下ろされて、卓也はなんだか息苦しいような感覚をおぼえる。

な…んだ、これ……？

今まで体験したこともないその胸苦《むなぐる》しさに、卓也は微《かす》かに息をつく。

そのとき、それに気付いたらしいアルベールが、わずかに唇の端を上げたのがわかった。

『そういえば、女の子を誘《さそ》うときのやり方も教えてやると約束したよな』

『え？　いや……』

卓也が断るより早く、ゆっくりとアルベールの顔が近づけられる。

わずかに色が濃《こ》くなったような青い瞳が、息を呑むほどに近い。そしてそんな場所を見つめているより拒《こば》みたいはずなのに、睫毛《まつげ》までが金色だと感心してしまう。

端整《たんせい》な顔がさらに近づき、甘いような微笑みが眼差《まなざ》しに滲《にじ》んでいくのが見えた。

『レッスン……その三。エスコートしている女の子があまりにも可愛らしい表情を見せたら、こうして人目のない場所に連れて行くこと』

それって、違《ちが》うだろう……!!

卓也は内心で悲鳴を上げながら、反射的にぎゅっと目を瞑《つぶ》り、必死になって彼のからだを押し返した。すると小さく笑う気配がして、むにゅっと唇を摘《つま》まれる。

『む……!?』

卓也が目を見開くと、アルベールがおかしくて堪《たま》らないというように笑っているのが見えた。

『レッスン、その四。嫌《いや》がられたら、無理やりはしない。そんなの、当たり前のことだろう』

……からかわれた……!!

うぶすぎる自分が無性《むしょう》に恥《は》ずかしくなり、卓也は思わず真っ赤になった。

するとアルベールは、とうとう堪《こら》えきれないというように声を上げて笑い出す。

『こういうのは、教えてもらわなくてもいい……!』

卓也がつい彼の身分のことも忘れ、目の前のからだを押しやるように軽くではあるが突《つ》き飛ばすと、アルベールは一瞬《いっしゅん》、驚いたように目を瞠《みは》った。やりすぎてしまったかと卓也がどきりとした瞬間、彼はますます面白《おもしろ》がるように笑《え》みくずれ、悪戯《いたずら》っぽい表情をする。

『何を言っているんだ。国際的な場では、こういう時に女性を同伴《どうはん》するのが当たり前だぞ。それなのに何も知らなかったら、お前はともかく、相手の女性にも恥《はじ》をかかせてしまう。せっかくの機会なんだから、こういうことも学ぶべきだ』

きっぱりとそう言いきられてしまうと、一理あるような気もしてくる。

しかしやっぱり、どこかおかしい。

卓也が思わず首をかしげると、アルベールがさらに面白がるように、ちょっかいを出してきた。そうはいっても先ほどまでとは雰囲気も違《ちが》い、むにゅっと摑《つか》んで変な顔にさせたり、つついたりというたわいないものだ。小学生がやるようななそのくだらなさに、卓也はつい苦笑《くしょう》してしまう。そして今度こそ遠慮《えんりょ》なく彼の手をはたき落とす。

するとアルベールは満足したように笑って、卓也の顔を覗き込んでくる。

『弁償《べんしょう》の件は、これを限りに忘れてもらおうか。友人を無理やりパーティに連れてきて、悪戯をしかけた上に借金を背負わせるなんて、王族の名折れだ。もし悪いと思うのなら、これからも俺と友人でいて欲しい。こういうことをやりあえる相手は、貴重なんだ』

卓也は少し躊躇《ためら》ったけれど、冗談《じょうだん》めいた口調に似合わず真摯《しんし》な色を浮《う》かべている瞳に気づいて、言葉を呑《の》み込んだ。ここは、彼の好意に甘えてしまうことにする。

『……わかった。ありがとう』

その返事にアルベールはさらに満足そうに笑みを深めると、卓也の頭をぐしゃぐしゃと撫《な》でた。

二人は子供がじゃれあうようにしながら、再び会場へと戻《もど》っていくことになった。

『あー…疲《つか》れた……』

アルベールのための車の後部座席にからだを投げ出すようにしながら、卓也はシートに沈《しず》み込んだ。ただでさえ見知らぬ人と話をするのは疲れるというのに、アルベールと一緒《いっしょ》にいるせいで何人ものゲストに捕《つか》まってしまい、予想以上に長引いたのだ。

『だが、楽しめただろう？』

そう尋ねながらアルベールが隣《となり》に乗り込んできて、卓也の顔を覗き込んだ。

『まあ、そういわれれば、そうかも……』

初めのうちは緊張《きんちょう》してわけがわからなかったけれど、アルベールが色々と気を遣《つか》ってくれたせいか、周りの人々も慣れているせいか、想像して恐《おそ》れていたほどには気まずくならなかったのだ。もちろん言葉に詰《つ》まったり、話題が途切《とぎ》れてしまうことはあったが、その度《たび》に彼がさりげなく助けてくれたのである。さらにああいう場でのマナーやよりよい振《ふ》る舞《ま》い方もタイミングを見て教えてくれて、たった一回の経験であったが、少し自信がついたような気がした。

『その……色々と、ありがとう』

卓也は自然にわきあがった気持ちを口にする。確かに無理やり連れて来られたのではあったが、それも、思い起こせば卓也がこういう機会がないとぼやいたせいでもある。

時に女の子の扱《あつか》いがわかっていないと、柱の陰《かげ》でされたようなからかい方をされはしたが、それも海外ではああいった場に女性を伴《ともな》うのが当たり前で、知らないと恥をかくと言われてしまえば、まあそういうものかなという気がしないでもない。

それになんといっても、卓也の犯《おか》した大きなミスを、最高の形でフォローしてくれたのだ。

『大したことはできないと思うけど……僕にできることがあったら、何でも言って』

するとアルベールは一瞬軽く目を瞠ったが、すぐに微笑《ほほえ》ましいような眼差しをして、卓也を見つめた。

『そう思ってくれるのなら、一つ、お願いがある』

『え、何？』

お礼ができると卓也が身を乗り出すと、アルベールは笑いを噛《か》み殺すような表情をした。

『俺の残りのバカンスに、付き合って欲しい』

『はあ!?』

突然《とつぜん》過《す》ぎる上に、意味がわからないような言葉に卓也がさらに目を瞠ると、アルベールは悪戯《いた》
戯《ずら》っ子《こ》のような表情をして笑った。

『この間、雅俊の結婚式《けっこんしき》で会った光耀を覚えているか？　あいつの経営する湖上の宮殿《きゅうでん》ホテルに招待されているんだ。卓也も興味を持っていただろう？』

ウッダラ太陽観測所の近くの、リゾートのことだ。しかし、さすがに即答《そくとう》する勇気はない。

なぜか今は、たまたまうまく楽しめているような気がするけれど、こんな偶然《ぐうぜん》、そうそうないだろう。雅俊とだってこんなに早くは打ち解けられなかったのだ。すぐに話が尽《つ》きて、気まずい沈黙《ちんもく》が流れるに決まっている。それが数日の旅行となったら。考えるだけで気が重くなる。

しかし、ウッダラ太陽観測所に行ける絶好のチャンスでもある。

大学の方は、ちょうど教授が長期の海外出張に行くことになっているから、時間はある。アルバイトの塾講師《じゆくこうし》だって、他《ほか》の人に代わりを頼《たの》めばどうにでもなる。

『うー……ん……』

卓也が思わず唸《うな》り声を上げると、アルベールはそれを予想していたかのように小さく笑った。そしてとぼけたような表情をして、ゆっくりと長い脚《あし》を組み替《か》える。

『何か予定があるのか？　研究室で会った卓也の指導教官は、急に長期の海外出張が決まったから、学生は暇《ひま》なはずだと言っていたが』

『や……確かに予定はないけど……』

『なら、いいじゃないか。費用のことは、突然こちらが誘ったんだから、全《すべ》て俺が持つ。ああ、もちろん俺自身が稼《かせ》いだもので、税金じゃないぞ』

ユーモアたっぷりにそう付け加えられて、初めてそのことに思い至り、卓也は苦笑しながら頭をかいた。

『あ……旅行代のことまで、まだ考えが及《およ》ばなかった』

するとアルベールは笑いを嚙み殺すような表情をして、再び頰杖《ほおづえ》をつく。

『それなら、何がネックなんだ』

『えーっと……』

さすがに、自分と旅行をしてもつまらないと思う、などとは言いづらい。

しかし、行きたくないと断ってしまうには、ウッダラ太陽観測所は魅力的《みりょく》だ。

どうしよう……。

卓也が迷いに迷っていると、アルベールはそんな光景も楽しむようにこちらを眺《なが》めていたが、やがて唆《そそのか》すような眼差《まなざ》しをして口を開いた。

『別に、俺と旅行に行くんじゃなくて、星や太陽を観に行くと思えばいいじゃないか』

『あ……それでいいのか？』

思わず卓也がそう口にしてしまうと、アルベールがおかしそうに目を眇《すが》めたのが見えた。

『……もうこうなったら先に言っておくけど、僕と旅行に行ったところで、たぶん、全然、面白くないと思うよ。楽しい会話ができるわけでもないし、専門分野以外の知識も興味もほとんどないし、どんくさいから迷惑《めいわく》もかけると思うし。人と旅行に行ったことってないから』

半ば開き直って卓也がそう断りを入れると、アルベールはもはや堪えきれないというように笑い出す。

『そんなことを気にしてたのか？　卓也、君が面白いかどうかを決めるのは、この俺だ』

アルベールはそう言うと、身を乗り出すようにして卓也の目を覗《のぞ》きこんでくる。彼の美しい青い瞳《ひとみ》が再び輝《かがや》きを帯びたように見えたのと同時に、ふわりと彼の香《かお》りを感じた。

『俺にとって、君はとても魅力的だ。君のことをもっと知りたい。大学を訪ねたのもそう感じたからだが、今日のパーティで、さらにその想《おも》いを強くしたんだ。だから、バカンスにも誘《さそ》いたいと思った。お礼をしてくれるという気持ちがあるなら、俺と一緒に来て欲しい』

『……わかった。あれだけのことをしたのに、そこまで言ってくれるなら……お言葉に甘えるよ。ありがとう』

さすがの卓也も、友達というよりは口説き文句のようだと感じないでもなかったけれど、結局、素直《すなお》に頷《うなず》くことにした。

何しろ男同士、それに雅俊の友達なのだ。違和感《いわかん》は文化の違《ちが》いだろうと思ったし、まるで中学生のようなことを言ってしまったという自覚もある。それなのにここまで丁寧《ていねい》に話してくれるなんて、これ以上ごちゃごちゃ言って、呆《あき》れられたくない。

卓也はそう考えて、かつてはインドのマハラジャが豪奢《ごうしゃ》な生活を送っていたという、湖上の宮殿行きを了承《りょうしょう》したのであった。

行くと決めたのはよかったけれど、その道のりは卓也の想像をはるかに超《こ》えたものとなった。

なにしろ、飛行機からして通常のフライトではないのである。アルベールの所有だという自家用ジェットで、王族ともなれば、空港の出国審査《しんさ》に並ぶこともなく、別の場所からすんなり飛びたててしまう。

それはインドに入国してからも、変わらなかった。

空港に着くと、今度は光耀が用意してくれたというジェット機が待っていて、それに乗り換《か》える。そうして近くの空港まで行くと今度はハイヤーだ。黒塗《くろぬ》りの車に乗って、湖の岸まであっという間に連れられてしまう。重い荷物を運ぶこともない。長い列に並ぶこともない。

全てが二人のために用意されていて、流れるように進んでいく。さすがにアルベールのセキュリティだという黒スーツの男が数人ついてきてはいたが、心得たように距離《きょり》をはかっているせいか、ほとんど気にはならなかった。

なんだか、ちょっと、夢みたいだよな……。

現実から、はぐれてしまいそうだ。

快適なハイヤーの中から街を眺めながら卓也がぼんやりとそんなことを考えていると、静かに車が停《と》まった。

『着いたぞ、卓也。ウッダラ湖だ』

アルベールに促《うなが》されて車を降りると、改めてインドの熱を帯びた空気に包まれる。むせかえるほどの濃密《のうみつ》さに卓也は思わず喘《あえ》ぎかけたが、青々とした湖が視界に飛び込んできたとたん、そんなことは吹《ふ》き飛んでしまうような気がした。

目の前に広がる湖には、どこまでも澄《す》み切った蒼《あお》さがある。その湖面には静かにさざ波が立ち、吹き抜《ぬ》けてくる風は涼《すず》しく、濃厚《のうこう》な水の香りがする。

そしてその真ん中には、白く豪奢な宮殿が、鮮《あざ》やかに浮《う》かんでいた。焼けつくような強い日《ひ》射《ざ》しに真っ白な宮殿が輝き、湖の蒼さに映《は》えて、まるで宝石のように思える。

「すごい、綺麗《きれい》だ……」

卓也は呆然《ぼうぜん》として、つい日本語を漏《も》らしてしまった。しかしアルベールには通じたらしく、彼は満足げな笑《え》みを零《こぼ》すと、卓也を近くの建物の方に促した。

『卓也、こっちだ。ここからモーターボートに乗って、宮殿に渡《わた》るらしい』

しかし一見すると、とてもそんな場所とは思えなかった。そこからして、すでに宮殿の入り口のようなのだ。真っ白な壁《かべ》は綺麗な水色で縁取《ふちど》られ、いかにもインドらしい鮮やかな壁画《へきが》で飾《かざ》られている。

卓也がおそるおそるアルベールの後に続いて薄暗《うすぐら》い建物の中を進むと、一気に視界が開けた。そして再び、美しい湖と宮殿が姿を現したのであった。

宮殿に渡るためのモーターボートは、やはり白が基調になっている。白い船体には、やはり白のポールで天井《てんじょう》が造られ、エキゾチックな文様の赤いシートが張られていた。そしてその船頭は、白の民族衣装に身を包み、赤やオレンジのターバンを巻いたインドの男たちだ。

「よ…ろしくお願いします」

彼らの人懐《ひとなつ》こく、好奇心《こうきしん》に満ちた黒い瞳に気圧《けお》され、卓也がつい日本語ながらぺこりと頭を下げてしまうと、彼らは嬉《うれ》しそうににっこりと微笑《ほほえ》んだ。

すると視界の端《はし》で、アルベールが笑いを堪《こら》えるような表情をしたのが見えて、卓也はまたおかしなことをやってしまったかなと赤くなる。

そうして湖を渡り始めると、水の香りが強くなり、白亜《はくあ》の宮殿《きゅうでん》の全貌《ぜんぼう》が、明らかになっていくのが見えた。

真っ白なその建物は、強い日の光を受けて輝かんばかりに眩《まぶ》しいせいか、本当に神秘的で、古い世界の魔法か何かで水の上に浮かんでいるように思える。

ボートが進んでいくにつれ、膨《ふく》らんだような丸い尖塔《せんとう》が目立ち始め、宮殿の外壁《がいへき》には、大きな象の彫像《ちょうぞう》が立ち並んでいるのが見えた。彼らはやはり真っ白な石で造られ、まるでやって来た客を歓迎《かんげい》するかのように、長い鼻を大きく振《ふ》り上げている。その背後には、鮮やかな紅色《べにいろ》の花が蔦《つた》と共に敷地《しきち》の中から零れていて、見る者の胸を騒《さわ》がせるような雰囲気《ふんいき》を醸《かも》し出していた。

やがて宮殿の入り口にボートが横付けされる。

白の大理石で造られている、豪奢で広々とした大階段だ。その両裾《りょうすそ》もやはり象の彫像で飾られ、優美な形の手すりとともに、客たちを宮殿内に迎《むか》え入れてくれるようであった。

そこを上っていくと、ロビーへと足を踏《ふ》み入れることになる。

磨《みが》き上げられた大理石の床《ゆか》が美しいその空間には、あちこちにアンティーク調のソファが置かれ、広々として寛《くつろ》げる場所となっていた。中庭に面して壁が透《す》かし彫《ぼ》りになっている一角もあり、そこから光が差し込んでいる様子はいかにも静謐《せいひつ》である。

ボートに乗った時点で連絡《れんらく》が入っていたらしく、すぐに光耀が出迎えてくれた。さすがにここではオーナーらしく、ターバンこそ巻いてはいないものの、オフホワイトのインド服を爽《さわ》やかに着こなしている。

『久しぶり…でも、ないかな』

光耀はにっこりと笑うと、改めて卓也を見つめて、おかしそうに笑みを噛《か》み殺した。

『な…んですか？』

なんとなく居心地《いごこち》が悪いような気持ちになって卓也がつい尋《たず》ねると、光耀はますます笑みを深めた。

『いや……本当に、二人で来るとは。カルロスたちとの賭《か》けは、僕の負けだな』

『え？』

『アルベールに関する忠告はあのテーブルでしたつもりだったんだが……まあ、それでもいいというなら、野暮《やぼ》な口出しは控《ひか》えよう』

『それってどういう……』

遠まわしすぎて意味がつかめないような会話に卓也が首をかしげたとき、アルベールが話を遮《さえぎ》るように光耀の名前を呼んだ。それに釣《つ》られて卓也も黙《だま》ってしまったのだが、光耀はまったく気にしていないように肩《かた》を竦《すく》めて笑ってみせる。

『つまりは君が来てくれて嬉しいってことだよ、卓也。僕の自慢《じまん》の宮殿ホテルにようこそ』

光耀は再びにっこり笑って卓也に握手《あくしゅ》を求めると、先に立って部屋まで案内してくれた。

精緻《せいち》な彫刻《ちょうこく》が美しいアーチ形の回廊《かいろう》を抜けると、目の前の景色に初めて色がついたかのように、鮮やかな水の庭園が広がる。

宮殿の中庭というにはあまりにも広いその場所は、隅々《すみずみ》まで幾何学《きかがく》的に張り巡《めぐ》らされた池が碧《あお》みがかった美しい水を湛《たた》えていた。その周囲を飾るように、綺麗に刈《か》り込まれた植え込みや木々が生い茂《しげ》らされ、池の中央では噴水《ふんすい》が涼しげな水音を立てている。

「うわ……すごい」

その壮麗《そうれい》さに、卓也が思わず立ち止まってしまうと、光耀は満足げに微笑み、色々と建築様式に関しての説明をしてくれた。そして最後に、この宮殿を手に入れた経緯《けいい》も教えてくれる。

『……元々、湖上の宮殿の噂《うわさ》を聞いてはいて、そのミステリアスな状況《じょうきょう》に惹《ひ》かれていたんだ。だが、なかなか訪ねられるような伝手《つて》がなくてね。何気なくラージールに話をしたら、彼のお祖父《じい》さんのものだと言うじゃないか。それで頼《たの》んで招待してもらったんだが、その際にこの庭園を見て、さらに惚《ほ》れてしまったんだ』

『わかります、それ……だって、ここ、なんて言うか……夢みたいだ』

卓也がついそう答えると、彼はますます笑みを深めた。

『そう言ってもらえるのは光栄だが、その言葉は、まだ取っておいた方がいいかもしれないな。当ホテルの素晴《すば》らしさは、こんなものじゃない』

光耀の言葉通り、そこから先も、目を瞠《みは》るような場所の連続であった。

ドーム形の丸屋根に波模様がついたアーチがずらりと並び、その眩《まばゆ》いような白と空の青を鏡のように鮮やかに映し出している静謐なスイミングプールや、黒地に白の大理石の床が美しく磨き上げられ、外壁沿いに置かれた白いインド式のソファが開放感のある、広いテラス。

そしてさらに驚《おどろ》かされたのは、卓也たちに用意されていたスイートルームだった。

二階に上がり、水の庭園を中心とするように吹き抜けとなっている長い回廊を渡ると、最奥《さいおう》が少し高くなっていて階段がある。そこを上がってどっしりとしたドアを開けると、部屋があった。……しかしそう思っていた卓也の予想は、あっさりと裏切られることになった。ドアを開けると、白い壁は美しいが、何もない空間が広がっていたからである。

「あれ……？」

思わず卓也が声をあげてしまうと、光耀は微《かす》かに笑って、傍《かたわ》らにある大きな鏡を動かした。縁《ふち》を飾る黄金細工が美しい、鈍《にぶ》く光る美術品のような鏡だ。

そのとたんに、目の前に鮮やかに部屋が広がる。

正面には、湖に向かって突《つ》き出るように大きな窓が造られており、湖面に反射して差し込んでくる光が明るく部屋を照らし出していた。その窓の前には、いかにも上品な薄紫《うすむらさき》の長椅子《ながいす》が向かい合うように二脚《にきゃく》置いてあり、寛げるようになっている。

それらを筆頭として、いかにもアンティークといったチェストや美しい調度品が、部屋の隅々にまで飾られていた。

それらは見事としかいいようがなかったが、一番存在感があるのは、高い天井からゆったりと下がる豪奢《ごうしゃ》なシャンデリアとその下に設《しつら》えられている天蓋《てんがい》付きのベッドだ。ダークブラウンの支柱が四隅《よすみ》を囲み、上質なゴールドのカーテンが包むその様は、艶《つや》やかで深い紫色の敷布《しきふ》と相まって、まさしくマハラジャの寝室《しんしつ》にふさわしいように思える。

『素晴らしいな、これは……』

さすがのアルベールも感心したように呟《つぶや》き、あちらこちらにある調度品などを眺《なが》め始めた。

卓也もそれに続こうと思ったが、ふとあることに気付いて首を傾《かし》げる。

……って、ちょっと待った。

見渡《みわた》す限り、視界に入るベッドはそれだけだ。それはもちろん大きく、大人の男であってもゆうに三人は眠《ねむ》れそうであったが、まさか、アルベールと一緒《いっしょ》に眠るわけではないだろう。

自分は他《ほか》の部屋なのかなとも思ったが、部屋の隅には、卓也の荷物も運び込まれている。

『……あの』

迷いながらも卓也がアルベールを振り返ると、彼はどうしたというような表情をした。

『いや……あの、まさか一緒に寝《ね》るってわけじゃない……よね？』

とっさにどう言えばいいのかわからなくなり、卓也がしどろもどろにそう伝えると、アルベールは悪戯《いたずら》っぽい眼差《まなざ》しをして、唇《くちびる》の端を上げるように笑《え》みを浮《う》かべる。

『それがご所望《しょもう》というのなら、叶《かな》えて差し上げるのもやぶさかではないが』

『いやっ、違《ちが》……!!』

冗談《じょうだん》だろうと思いつつも、状況のせいで逃《に》げ道がない。

卓也が思わず動揺《どうよう》してしまうと、傍らで光耀が小さく吹《ふ》き出したのが聞こえた。

『なんだ、まだそんな段階なのか。アルベール、お前にしては珍《めずら》しいな』

そんな意味のわからない呟きを残すと、光耀は、部屋の奥まで歩いていって右側にあるアーチ形のドアを開けた。卓也に中を見るよう促《うなが》してくる。

おそるおそる覗《のぞ》き込むと、そこにはもう一つ寝室があった。メインルームほど華美《かび》ではないが、やはりダークブラウンと深紅《しんく》を基調に天蓋付きのベッドや長椅子、チェストや小ぶりのライティングデスクなど、一通りのものが揃《そろ》っている。

『なんだ……よかった』

卓也が安堵《あんど》のため息をつくと、やはり背後から覗き込んでいたらしいアルベールが、ふざけた調子で拗《す》ねてみせる。

『いくら冗談にしろ、こんな振られ方をするのは初めてのような気がするな』

なんだ、それ。普段《ふだん》、どれだけ遊んでるんだ……。

というか、僕をからかって遊ばないで欲しい。

卓也がつい呆《あき》れてしまうと、表情からそれを見て取ったらしい光耀が微かに苦笑《くしょう》を閃《ひらめ》かせた。

しかしあえて何も言わないことを選んだらしく、涼《すず》しげな表情に戻《もど》ると、二人の注意をメインルームの方に引き戻す。

『このスイートの素晴らしさは、これだけじゃないぞ』

『え？』

『まだ他に部屋があるのか？』

アルベールも意外だというように軽く目を瞠る。

すると光耀は頷《うなず》く代わりに微笑《ほほえ》んでみせ、二人を反対側に導いた。下ろされていたカーテンを開くと、そこにはやはりアーチ形のガラス扉《とびら》がある。

『う…わぁ……』

扉を開けると、そこには、開放感あふれるテラスが広がっていた。

なにしろ、見渡す限り、湖が見えるのである。

宮殿《きゅうでん》の角位置にあたるこの場所は、何も遮るものがないのだ。白い大理石が敷《し》き詰《つ》められたテラスの周りは、やはり大理石でできているらしい低い手すりがぐるりと囲んでいるだけである。しかも、それ自体にも透《す》かし彫《ぼ》りが施《ほどこ》されているため、邪魔《じゃま》にならない。

また、そこには様々な角度から湖を眺めて楽しめるよう、色々な椅子《いす》が置いてあった。

部屋がある壁際《かべぎわ》には、ゆったりと倒《たお》された背もたれにクッションが重ねられた長椅子、その向こうの隅には、籐《とう》でできた一人掛《が》けのソファが二脚。

さらにテラスのほぼ三分の一を占《し》める場所には、いかにも伝統を思わせる深紅の絨緞《じゅうたん》を挟《はさ》むようにして、インド風の低いソファが設えられていた。

ぶ厚くて座り心地《ごこち》が良さそうなマットレスに、背もたれとして丸太のようなクッションが合わせられているものだ。その両脇《りょうわき》には腕《うで》置きになるように深い碧色の丸いクッションが置かれ、さらに艶《あで》やかなゴールドのクッションがいくつも配されている。

その豪奢さにも驚いたが、卓也がさらに感心したのは、そんなにたくさんの椅子やソファが置かれていても、まったく狭《せま》く感じられないことだった。

それどころか広々として、どこに座っても寛《くつろ》げそうに思える。

『凄《すご》いな……』

卓也が改めて感嘆《かんたん》のため息をつくと、隣《となり》でアルベールが頷くのがわかる。

すると光耀はにこりと笑って二人を見やった。

『二人がよければ、夕食はここに準備させよう。今のように青く輝《かがや》く湖を眺めるのもいいが、陽《ひ》が落ちていくときの美しさは何物にも代えがたい』

『ああ……では、よろしく』

アルベールはちらりと卓也を見やり、異議がないことを確かめると頷いてみせた。

光耀は満足そうな表情をすると、寛いで旅の疲《つか》れを取るようにと言い残して去っていった。

『そうだな……観光は、明日にするか』

アルベールの言葉に、卓也も頷く。

そうして夕食の時間になるまで、二人はそれぞれ、好きなように過ごすことになった。


光耀の言葉通り、湖に沈《しず》む夕陽は素晴らしかった。

鮮《あざ》やかだった青い空が、徐々《じょじょ》に色を失い、淡《あわ》くなって透明度《とうめいど》を増していく。そこに沈みかけている夕陽の輝くような橙《だいだい》が混ざり、空はうっすらと紫色にも染まり始めていた。

いつの間にか凪《な》いでしまった湖面にも、光はきらきらと最後の煌《きら》めきを残している。

静か過ぎて、切ないような気持ちになる。

卓也はそんなことを感じながら、グラスに残った白ワインを飲み干した。

普段はほとんど飲まないが、今日は供されているタンドーリチキンの美味《おい》しさのせいか、暑さで喉《のど》が渇《かわ》いているのか、冷えた白ワインが無性《むしょう》に美味しく感じられた。もう何杯目《なんはいめ》かもわからないが、過去最高に飲んでしまった事実に変わりはあるまい。

卓也は、インド式ソファの背から少しずり落ちるようにして、美しすぎる目の前の景色をぼんやりと堪能《たんのう》する。

夕暮れの前に光耀が夕食の支度《したく》を調《ととの》えてくれたのだが、寛いで景色を眺められるようにと、テラスの中でもここを選んでくれたのだ。

インドの宮廷《きゅうてい》料理だという数々が、絨緞に敷かれた敷布の上や、傍《かたわ》らの低いテーブルの上に、所狭《ところせま》しと置かれている。多少外国人向けにアレンジされているというが、たくさんの種類のカレーやナンだけでなく、串《くし》焼《や》きの野菜や豆のサラダ、タンドールで焼いたというラムやスープといったものまで、ずらりと並べられている。

さらに光耀は、インドの伝統的な音楽だというシタールの生演奏も準備してくれようとしたのだが、それは卓也が断った。これだけの自然を堪能するのに、ひとまず邪魔だと思ったのだ。音楽が嫌《きら》いなわけではないが、まずは純粋《じゅんすい》に、素《す》のままの景色を楽しみたい。

せっかくの好意を無駄《むだ》にして申し訳ないとアルベールにも謝ったが、彼は全く気にしないというように笑ってくれた。

『別に今夜だけが全《すべ》てじゃないんだ、音楽はまた明日楽しめばいい』

そう言うと、ついでのように片目を瞑《つぶ》って先を続ける。

『その代わりといってはなんだが、ワインは俺が選ばせてもらう』

卓也の気持ちを軽くするかのように冗談めかして言ってくれて、あの時は本当にありがたかった。自分が必要以上に気を遣《つか》っているのかもしれないが、こうする方が自分にとっては当たり前になっていて、楽なのだ。

ほんといい人、なんだよな……。さすが、王子。

夕陽はどんどん沈んでいき、藍色《あいいろ》が強くなってきた。やがて陽の部分が見えなくなってしまう。余韻《よいん》のような橙色が、徐々に辺りに溶《と》け出していくように見える。

そしてぽつりと、一番星が光るのがわかった。

ああ、綺麗《きれい》だ……。

かなり酔《よ》っているせいか、卓也は思わず涙《なみだ》ぐみそうになりながら星の瞬《またた》きを見つめた。

自分にとって、これ以上ロマンティックなものはない。遥《はる》か彼方《かなた》で光る輝きが、何億光年という長い時間を超《こ》えて、今、この地球に届いているのだ。

周囲に余計な灯《あか》りがないせいで、星は次々と見えるようになる。まさしく満天の星、落ちてきそうなほどに視界いっぱいに広がっていく。

もっと星が見やすいようにと、卓也はずるずるとからだをずり落としていった。そうしてクッションを枕《まくら》に天を仰《あお》ぐと、ふいに強烈《きょうれつ》な眠気《ねむけ》に誘《さそ》われるような、濃厚《のうこう》な酔いに引きずり込まれるのを感じる。

飲みすぎた……。

夢見心地ながらもそう反省していると、低い笑い声が傍らから響《ひび》く。

『本当に、星が好きなんだな。さっきから、星を眺《なが》めては、うっとりしている』

並んで座っているアルベールが、からかうように顔を覗き込んできていた。

もう陽はすっかり落ちてしまってあたりは闇《やみ》に包まれていたが、料理のためにグラスに入ったキャンドルが並べられているせいで、彼の美しい顔が幻想的《げんそう》に照らし出されている。

『うん……星は、好きだよ……きれいだし、どこまでも行けるようなきもちになれるから……』

酔いに揺《ゆ》られるままに素直《すなお》に答えると、アルベールの眼差《まなざ》しが和《やわ》らいでいくのが見えた。

『なるほどね……そこまで好きになったきっかけは？　何かあるのか？』

『きっかけ……』

卓也はゆっくりと視線を外して、空を眺める。

『小学生のころ、キャンプにいったことかな……ちかくに島があったんだけど、そこではじめてみた星空が、ものすごくきれいで……びっくりした。今みている、この空みたいに、星がおっこちてきてしまいそうで』

空一面に輝いている星の瞬きを見つめながら、卓也は深々と息を吸い込んだ。芳醇《ほうじゅん》な夜の香《かお》りを感じる。これが幸福だと思える何かが、全身を満たしていくのがわかる。

『ああ……しあわせだ。僕は、星を、あいしている』

想《おも》いを噛《か》みしめるように、卓也はゆっくりと目蓋《まぶた》を閉じた。あまりの心地良さに、そのまま眠り込みそうになる。

するとふわりと笑ったような気配を感じた。

不思議に思って目を開けると、アルベールがこちらを見つめて微笑んでいるのがわかる。

キャンドルに照らし出されたその金髪《きんぱつ》が、揺れる炎《ほのお》に彩《いろど》られてきらきらと、まるで星の輝きのように見えた。

『……変だな……あなたが、まるで……星みたいに、きらきらしてみえる……』

もはや理性が働かず、卓也が思ったままのことを口にしてしまうと、アルベールがゆったりと優《やさ》しく目を眇《すが》めたのが見えた。

『それは……俺のことも愛してしまったということか？　星と同じように』

見つめあっている眼差しが、とたんに甘く、滴《したた》ってくるように感じる。

しかし酔った頭には、言葉がすぐには染《し》み込んで来ず、卓也はもったりと重い目蓋に耐《た》えかねて、ゆっくりと一度、瞬きをした。そうしてようやくアルベールの言葉を理解した卓也は、またからかわれているんだと、くしゃりと笑って唇《くちびる》を開く。

『……ちがうと、思うよ……』

すると視線の先で、アルベールも小さく笑ったのが見えた。

お互《たが》いに笑い合えて、なんだか、嬉《うれ》しい。

卓也がそう感じたとき、アルベールの青い瞳《ひとみ》が熱を帯びたように美しくなって、目が離《はな》せなくなった。視線の先の彼が、まるで面白《おもしろ》いことを思いついたというように、悪戯《いたずら》っぽい表情を浮《う》かべたのがわかる。

『そういえばお前、キスの仕方は知っているんだろうな？』

『……知ってるよ』

一瞬《いっしゅん》どきりとしたものの、卓也は強がってそう答えた。実際のところは、当然、経験などない。しかしせっかくいい気持ちになっている今、わざわざそんなことは言いたくなかった。

よく考えれば、アルベールが大学にやってきたとき、現在恋人《こいびと》はおらず、もてないんだと話しているから、すでにばれているような気はする。

しかし酔っていることもあって、卓也は子供のように口を尖《とが》らせ、見栄《みえ》を張った。

『こう見えても、けっこう凄《すご》いんだぞ。相手の子だって、上手《うま》いって言ってくれたし』

『……なるほど』

アルベールの笑《え》みがますます深まるのがわかる。

『そこまで言うなら、どれくらいのレベルなのか、テストしてみよう』

冗談《じょうだん》の延長のように、笑みを滲《にじ》ませながら囁《ささや》かれて、アルベールの整った顔が近づいてくる。吸い込まれるような青い瞳に、柔《やわ》らかく落ちかかってくる金の髪《かみ》、ひやりと掠《かす》められた高い鼻筋、形の良い唇。

見つめ合ったまま、身動きができない。

アルベールの甘いような瞳に搦《から》め捕《と》られたまま、卓也は今起こりつつあることが、現実のものではないような気がしていた。

そのまま、唇に、彼の柔らかな感触《かんしょく》が重なる。

キス……されてる……？

あまりに信じがたい事実に、卓也は抵抗《ていこう》を忘れてしまった。アルベールの唇の感触が頭の芯《しん》まで届いたとたんに、どくんと心臓が鳴るのがわかる。

キス、してる……!!

現実に追いついたとたんに苦しくなった。唇を塞《ふさ》がれ、息を止めたままでいるのだから、当たり前だ。くちづけられた衝撃《しょうげき》と呼吸困難のせいで、こめかみのあたりがどくどくと脈打ち、我慢《がまん》できなくなる。

何度か軽く誘うように啄《ついば》まれたとき、限界が来た。

『……っ、はぁっ……!!』

半ばアルベールを突《つ》き飛ばすようにして酸素を確保し、呼吸を繰《く》り返してしまうと、驚《おどろ》いたように目を瞠《みは》っている彼の様子が視界に入った。

ばれた……。

その瞬間《しゅんかん》に我に返り、耳たぶの先まで真っ赤になっていくのがわかる。

恥《は》ずかしさのあまり、ぎこちなく視線を逸《そ》らそうとすると、アルベールがゆっくりと笑みを

深めるのがみえた。

『卓也……もしかして、初めてなんじゃないのか？』

からかうといううには甘過ぎるような口調であったが、卓也は目が回るような羞恥《しゅうち》を感じる。

『そっ…そうだよっ……だから、前に言っただろ!?　僕は、もてないって……!!』

もはや堪《こら》えきれなくなって、卓也は泣き出しそうになりながら言い返す。

そして酔いにけぶる頭をなんとか励《はげ》まし、からだを起こして逃《に》げだそうとしたとたんに、押し倒《たお》されてしまう。

『なっ……』

抗《あらが》う間もなく、乱暴とも思える手つきで顎《あご》を掴《つか》まれ、くちづけられる。

『やっ……ン——!!』

やめてくれと口を開きかけたとたんに、ぬるりと舌を入れられた。

初めて経験する、熱く、濡《ぬ》れたような感触に、卓也は全身を硬直《こうちょく》させてしまう。

しかしアルベールの舌は止まらず、容赦《ようしゃ》なく卓也の口内を蹂躙《じゅうりん》する。何度も角度を変えながら、卓也の全《すべ》てを確かめるようにくちづける。唆《そそのか》すように舌を擦《こす》りつけてきて、絡める。

そしてちろりと舌先で上顎を擦られ、卓也は反射的にからだを跳《は》ねさせた。

『っ……ぁっ……!!』

痺《しび》れるような熱が背筋から腰骨《こしぼね》を伝って、中心が熱い。そんな格好などしたくもないというのに、はしたなく内腿《うちもも》が開いて膝《ひざ》が曲がり、仰《の》け反るように尻《しり》が蠢《うごめ》いてしまう。

気持ちが、良すぎる。

『や…だっ……』

そんな自分が怖《こわ》くなり、卓也は反射的に抗おうとした。

しかしアルベールは可愛《かわい》らしくて堪《たま》らないというように低い笑い声を漏《も》らしただけで再び深くくちづけてくる。

『馬鹿《ばか》だな……そんなに可愛い声を出したら、止められるわけがないだろう？』

『い、や…がったら、やめるのがマナーだって、自分で、僕に教えたくせに……!!』

キスの合間に息を切らしながらそう言い返すと、そのとたんに自身を掴まれてしまった。

穿《は》いていた柔らかで薄《うす》いジャージの上から、確かめるようにそこをなぞられてしまう。

『嫌《いや》だって言ってるわりには、ここ、膨《ふく》らませすぎじゃないか……？』

『あっ……やだっ……だめっ……！』

からかうように囁かれながら、いやらしく揉《も》みしだかれてしまい、卓也は全身を仰け反らせた。生まれて初めて自分以外の誰《だれ》かによってもたらされる刺激《しげき》は、卓也にとって、強烈《きょうれつ》すぎる。

『あっ、やっ、あぁあっ……!!』

卓也はびくびくと腰《こし》を震《ふる》わせ、そのまま全てを吐《は》き出してしまった。

あまりにも早すぎるそれに、さすがのアルベールも驚いているのがわかる。

恥ずかしい。そんな自分の情けなさに、卓也は思わず泣きそうになる。もっとみっともなくなるだけだというのに、止まらない。

もはや逃げ出す気力もなくて、卓也が顔を背《そむ》けようとすると、アルベールにそっと、柔らかく覆《おお》いかぶさられた。

『そうだな、キスが初めてなら、当然こっちも初めてということだな……』

『っ……そうだよ……！　悪かったな、気持ち悪くて……!!』

顔を覗《のぞ》き込まれながら優しく囁かれてしまい、卓也は情けなさで死にそうになる。

再び顔を背けようとすると、今度は柔らかく頰《ほお》を包まれ、妨《さまた》げられた。

『別に、気持ち悪くなんてない。むしろ……すごく、興奮する』

それを証明するかのように、情熱的にくちづけられて、卓也は息を弾《はず》ませた。

『うそ、つけ……！　普通《ふつう》、こんな歳まで経験がないなんて、おかしい、だろっ……』

言葉にしたとたんに、ますます情けなさを思い知らされたような気がする。

卓也がぎゅっと目をつぶり、逃げ出そうと暴れかけたとき、ふと頰が温かくなったことに気付いた。アルベールが小さくキスを落としてきたのだ。

卓也が驚き、おそるおそる目をあけると、青く澄《す》んだ瞳が、少し困ったような色を浮かべて、優しく覗き込んでいた。


『っ……も……だから……』

『本当に気持ち悪くなんかない。それどころか、嬉しい』

『え……？』

思いもかけない言葉に卓也が目を丸くすると、アルベールは微《かす》かに笑って、小さく頬にキスしてきた。

『こういうことをするのは、俺が初めてってことだろう？　こうしたり……こうするのも』

アルベールは嬉《うれ》しそうに瞳《ひとみ》を眇《すが》めて囁きながら、顔中にキスを落としてくる。頬から始まり、目の下、目蓋《まぶた》、額、耳の下……そうされているうちに、なんだか気持ち良くなってきてしまい、卓也は小さく吐息《といき》を漏らした。

するとアルベールは満足げな笑みを零《こぼ》したが、すぐに苦笑《くしょう》を浮《う》かべると、卓也の手を掬《すく》い上げて、その指先にも軽くキスをする。

『それにもし気持ちが悪かったら……こんなふうにならない』

アルベールは卓也の耳元で囁くようにしながら、掬い上げた手を自身の前に導いてみせた。大きな手に包まれ、触《ふ》れさせられた彼のものが、布越《ぬのご》しでもはっきりと硬《かた》く膨らんでいるのがわかる。

『あっ……』

卓也が微かに声を漏らしてしまうと、アルベールは再び小さく苦笑して顔を覗き込んできた。

『卓也こそ、気持ち悪くないのか？　お前相手に、こんなふうにしている俺がいて』

それどころか、どきどきする。まだ触れさせられている手のあたりから脈動が伝わってきて、自分のものになってしまいそうな気がする。

さすがに全てを言葉にはできなくて、卓也がぎこちなく俯《うつむ》きかけると、それを遮《さえぎ》るように頬にくちづけられた。

『日本でパーティについてレッスンしたように……セックスについても、俺が教えてやるよ。どうやって相手を……夢中にさせるか』

唆すようにいやらしく告げられて、卓也は一気に真っ赤になった。

彼のものに触れている手のひらが焼けるように熱い。同じ男相手にこんな感覚、おかしいのかもしれない。でも、もう、止められない。アルベールの脈動が乗り移ってきて、胸が苦しい。腰骨のあたりが痺れて、焦《じ》れて、堪らなくなる。

『……嫌か？』

甘く唆すように囁《ささや》かれて、卓也はますます顔を赤くした。耳元に感じる吐息が熱っぽくて蕩《とろ》けそうになる。アルベールのからだに、手を回したくなる。

『……っ』

卓也が抗うことなく、つい息を震わせてしまうと、アルベールが嬉しそうに目を眇めたのが見えた。蕩けるように名前を呼ばれて、改めて深く彼の腕《うで》の中に抱《だ》きしめられる。

そして柔《やわ》らかく顎を掬われ、そこから気持ちを伝えるかのようにそっとくちづけられた。
あまりにもどきどきしすぎて、すぐに鼻声が洩《も》れてしまう。不慣れな自分が恥《は》ずかしかった
けれど、アルベールはそれを喜んだように深くくちづけてきた。熱を帯びた吐息で囁かれる。
『ほら……鼻を使って息をするんだ……そうしたら、次は俺のキスに応《こた》える……舌を絡《から》めて、
擦り合って……互《たが》いにキスで愛し合うんだ』
『ンっ……んんっ……』
濡れて熱い舌の感触《かんしょく》に、再び背筋から腰まで、痺れるような感覚に襲《おそ》われてしまう。口中を
愛されるキスに溺《おぼ》れてしまいそうで、卓也は思わず彼のからだにしがみついた。
それと同時にアルベールも深く抱き締《し》め返してくれて、もっと欲しいと挑発《ちょうはつ》するように、舌
を絡めて扱《しご》くようにくちづけてくる。おそるおそる卓也も真似《まね》をして舌を動かすと、痺れるよ
うな熱が生まれた。
『…っ…んっ…ンンっ……ぁっ……！』
その熱に翻弄《ほんろう》されて、卓也は腰をびくびくとさせる。
するとアルベールが、くちづけの合間に微かに笑ったのがわかった。恥ずかしさで泣き出し
そうになったとき、剝《む》き出しになっていた腹から滑《すべ》らせるようにして、彼の大きな手が、下着
の中まで差し込まれる。
「ぁ……やっ」

反射的に卓也は腰を逃がそうとしたが、追い詰《つ》めるように強くそこを摑まれてしまった。

「あ……は、あぁっ……」

そのままそこを玩《もてあそ》ぶようにゆったりと擦《こす》りあげられてしまい、卓也はびくびくと尻《しり》を震わせてしまう。すると可愛くて堪らないとでもいうように何度も深くくちづけられて、いっそう強く愛撫《あいぶ》された。

「あ、だめ、だめっ……」

このままではまたすぐ達してしまうと、卓也は思わず日本語で喘《あえ》ぎ、乱れている自分が恥ずかしくなって顔を背けた。しかしアルベールはますます嬉しそうに低い笑い声を漏らしただけで、ますますいやらしく責め立ててくる。

『母国語しか使えなくなるほど乱れるなんて、なんて可愛らしいんだ……卓也、もっといやらしい姿を俺に見せてくれ』

「ぃやっ、あっ、ああっ……!!」

熱っぽい囁きに耳穴からも侵《おか》されてしまうようで、卓也はぶるぶると内腿《うちもも》の筋を震わせた。

『卓也……ほら』

甘く唆《そそのか》すように何度もアルベールに囁かれているうちに、徐々《じょじょ》に腰が蠢《うごめ》き始めてしまうのがわかる。

「ぁ……やだっ……」

そんな自分の卑猥《ひわい》さに、卓也は思わず泣くような声を上げたけれど、まるでご褒美《ほうび》のようにくちづけられると堪《たま》らなくなる。わざと筒状《つつじょう》にしているアルベールの手の中に腰《こし》を突《つ》き入れてしまう。一度箍《たが》が外れると、自棄《やけ》になったかのように腰が振《ふ》れる。そんな本能の動きですら、ぎこちなくて恥ずかしいと思ってしまったが、それを喜ぶようにくちづけられると、ますます止まらなくなった。

「ぁ……ふ、あ、はぁっ…あ、あ、ああ……!!」

アルベールにキスされながら吐《は》き出してしまい、卓也は彼の口の中で声をあげた。熱に浮かされたような視界の中、彼の鍛《きた》えられた腹の辺りを白く汚《よご》してしまったのが見える。

『あ……ご、ごめ……』

卓也が慌《あわ》てて手のひらででも拭《ふ》き取ろうとしたとき、アルベールのものが視界に入った。当然のことながら、まだ漲《みなぎ》っていて、辛《つら》そうだ。

卓也は自分だけが達《い》かせてもらったことに気付き、一瞬戸惑《いっしゅんとまど》う。するとアルベールが微かに笑って、卓也の手を引き寄せてきた。そして自身に導くようにしながら、試《ため》すように目を覗きこんでくる。

『……いいか？』

自分だけが解放されて、なんだか、申し訳ないような気もする。

卓也が微かに頷《うなず》いてみせると、アルベールが嬉しそうに微笑《ほほえ》んだのが見えた。触れさせられている彼のものがどくりと脈打ち、さらに熱く大きくなったのがわかる。

　そしてアルベールは、卓也に体重がかからないように気遣《きづか》ってくれながら、抱き締めるようにしてゆっくりと腰を蠢かせ始めた。時折求められるくちづけに応えながら、卓也は必死で手を動かす。さっきアルベールにしてもらったことをできるだけ思い出すようにしながら、少しでも彼が感じられるように頑張《がんば》った。

　すると徐々に、アルベールの吐息が熱を帯びて乱れてくるのがわかる。彼の全身が火照《ほて》ったように汗《あせ》を滲《にじ》ませ、内腿が張りつめてきているのを感じる。キャンドルの炎《ほのお》に照らされ、時折低い声やため息を漏《も》らすアルベールの顔が、どきりとするほどセクシーに見えた。

　うわ、うわ、うわっ……。

　なんだか見ているだけで昂《たかぶ》ってしまいそうになり、卓也は慌てて視線を逸《そ》らした。

　そのとき、初めて、自分たちが満天の星の下でしていることに気付く。

　う、わぁ……。

　視界に入る空いっぱいにぎっしりと瞬《またた》き、降ってきそうな星たちの中に、吸い込まれるような錯覚《さっかく》すら感じる。

　卓也が思わずからだに力を入れてしまうと、アルベールが小さく息をついたのが聞こえた。彼のものがますます張りつめていくのがわかる。

　その瞬間《しゅんかん》、ぞくぞくとした。

これまでの経験からいけば、星の方に意識がいってしまってもおかしくはなかった。普段《ふだん》は、悠久《ゆうきゅう》の時の流れを感じるとき、自分がしていることなどちっぽけだと感じて、興味を失ってしまうからだ。

しかし今、ちっぽけだと感じるからこそ、アルベールの存在がたまらなく愛《いと》おしく思える。

すると、手の中に感じるアルベールの質量に腰が疼《うず》くような感覚が起こった。卓也がついもじもじとしてしまうと、それに気付いたらしい彼が微笑み、くちづけてくる。彼の大きな手のひらが、卓也のものをまさぐってくれる。

『ン……っ、んんっ……』

『……っ』

降るような星空の下、二人はまるで繋《つな》がっているかのように互いの腰を蠢かせながら、それぞれに相手を濡《ぬ》らしたのであった。

翌朝、卓也は肌触《はだざわ》りの良いリネンの中で目を覚ました。

どこにいるのか一瞬思い出せないぼんやりとした視界の中に、波打つような光がいくつも揺《ゆ》れているのが見える。なんだろうと考えて、ようやく、湖の水面に反射した光が高い天井《てんじょう》に映っているのだと気付いた。そこでやっと目が覚めたような気がして、卓也はため息をつき、寝《ね》返《がえ》りを打つ。

その瞬間、ぎょっとした。

すぐ目の前に、アルベールが眠《ねむ》っているのが見えたからだ。剝き出しの肩《かた》に引き締まった腕《うで》、筋肉が綺麗《きれい》についている上半身から腰にかけての精悍《せいかん》なライン。おそらく、全裸《ぜんら》だ。

卓也は一瞬動揺《いっしゅんどうよう》してから、自分も一糸纏《まと》わぬ姿であることに気付いた。

昨夜の記憶《きおく》が蘇《よみがえ》る。

昨晩はテラスで互いに吐き出し合った後、再び抱《だ》き締めてきたアルベールを断りきれず、結局は彼のベッドで一緒《いっしょ》に眠ることになったのだ。そして何度もくちづけられるうちにまたしても流され、テラスのときと同じく、抱き合って互いを濡らしあうことになった。

……本当に、やっちゃったんだ……。

突然《とつぜん》蘇ってきた生々しい記憶に、叫《さけ》び出したいような気持ちになる。確かに同じ男同士、酔《よ》った勢いによる自慰《じい》の延長のような行為《こうい》だと言われてしまえばそれまでだが、それなりの雰囲《ふんい》気《き》になって、キスを交《か》わした。抱き締め合って、触《さわ》り合いもした。そして、初めて他人の目の前で達し、相手のものも浴びせられた。その全《すべ》てが、初めてのことだったのだ。

うわーっ、うわっ、うわ……僕、やっちゃったんだ。

しかも、男と……あんなことまでやって、こんなことまでされた。

どっ、どうしよう……。

卓也が思わず頭を抱《かか》えそうになったとき、眠っていたアルベールがゆっくりと目を覚ました。

『……おはよう』

まだ寝《ね》ぼけているような目をしていたが、卓也と視線が合うと、嬉《うれ》しそうに微笑む。その表情は、今まで見たことがないほど可愛《かわい》らしく思えた。アルベールの金髪《きんぱつ》が透《す》けるように日射《ひざ》しに輝《かがや》き、青い瞳《ひとみ》が蕩《とろ》けるように甘く感じる。

「……っ!!」

その瞬間に猛烈《もうれつ》な羞恥《しゅうち》に襲《おそ》われ、卓也は反射的に飛び起き、ベッドから逃《に》げ出そうとした。

とたんに二の腕《うで》を掴《つか》まれ、阻《はば》むように引き倒《たお》されてしまう。

『……いきなり、どうした?』

逃がさないというよりは、まるで恋人同士《こいびと》が甘えてじゃれつくかのように後ろから抱きすくめられて、顔を覗《のぞ》き込まれる。

卓也はますます頰《ほお》を赤く染めながら、ぎこちなく視線を泳がせた。

『別に……もう、起きようと思っただけだ』

するとアルベールは小さく笑い、ふざけて卓也を抱き潰《つぶ》すかのように、優《やさ》しくのしかかってくる。

『やっ…ちょ、やめろよ……！』

卓也が慌てて抗《あらが》ったけれど、アルベールは優雅《ゆうが》な微笑《びしょう》を零《こぼ》しただけで揺るがなかった。

『今さら、何を照れているんだ？』

『ち、違《ちが》っ……』

思わず卓也が悲鳴のような声を上げかけた瞬間、強くドアを叩《たた》くような音が聞こえた。スイートルーム全体の入り口となる前室のドアではなく、すぐ側にある、鏡の扉《とびら》だ。

『アルベール、起きろ！　俺だ、ファイサルだ!!』

う、わっ……まさか!!

扉の向こうから聞こえる、堂々とした声には聞き覚えがある。雅俊の結婚式《けっこんしき》でやはり隣《となり》の席になった、アラブの油田王だ。

どっ……どうしよう!?

一瞬にしてパニックのようになり、卓也が縋《すが》るようにアルベールを見上げると、彼が小さく苦笑するのが見えた。

『俺がなんとかするから、声を立てずに寝たふりをしていろ』

周囲に聞こえないような微《かす》かな声でそう囁《ささや》くと、アルベールは、卓也の全身を覆《おお》うように、すっぽりと敷布《しきふ》をかぶせてきた。

確かにこうすれば、卓也は扉から見ればアルベールの陰《かげ》となっているし、わからないだろう。

しかしこれだけでは、卓也かどうかはわからなくても、誰《だれ》かもう一人の人間が、アルベールの隣に寝ているとばれてしまう。

卓也は慌《あわ》ててそう伝えようとしたが、それより早く、アルベールがノックに応《こた》えてしまった。

すると扉を開く音がして、ファイサルが部屋の中に入ってきたのがわかる。

『朝っぱらからずいぶんな登場だな、ファイサル』

アルベールの苦笑した声がすると、ファイサルが平然として肩を竦《すく》めたような口調で話し出すのが聞こえた。

『何が朝っぱらだ、もうとっくに昼を回っている。お前らがここにいると聞いて、わざわざ訪ねてきてやったんだ。挨拶《あいさつ》くらいさせろ』

ファイサルの偽悪《ぎあく》的な声は、からかうような笑《え》みを含《ふく》んで続けられたが、ふと、何かに気付いたような間が差し挟《はさ》まれた。

『なんだ……もう相手を見つけたのか。早いな』

アルベールの背後に隠《かく》されている卓也のシルエットを見つけたらしい。

笑みがますます深くなった気配に、卓也は全身を強張《こわば》らせた。しかし次に続けられた言葉を聞いて、ほっと胸を撫《な》で下ろす。

『今回は卓也と一緒だと聞いていたから、さすがにいつものようには女を引っ張り込まないと思っていたんだが……無粋《ぶすい》な真似《まね》をしてしまったな、悪かった』

『いや、別に』

アルベールが小さく笑ってそう答えると、ファイサルは、ちらりと奥の寝室《しんしつ》に注意を向けるような雰囲気で、先を続けた。

『しかし、ということは……卓也はどうした？』

さすがに、アルベールのベッドにいるのが卓也だとは思わないのだろう。

卓也はほっと息をついたが、それと同時に、ふとあることに気付いた。

ファイサルはこの状況《じようきよう》に全く動じていない。

ということは、これが彼らにとって日常茶飯事《さはんじ》だということだ。

そう思ったとたん、胸の中がもやもやと曇《くも》ったような気がした。

かつてネットで調べたときに、あれだけ証拠《しようこ》が出てくるアルベールだ。

こんなこと、よくあることなのだろう。

……これだけ格好良くて、優しくて、しかも王子ときたら当然のことなのかもしれないけど。

卓也がそう考えつつも、なんとなく唇《くちびる》を噛《か》んだとき、アルベールが肩を竦めたような気配を感じた。

『卓也ね……彼も楽しんでるんじゃないか？　昨夜はかなり酔っていたみたいだから』

するとファイサルは微妙《びみよう》な間を空ける。敷布の中からは見えようもないが、何かを考えているのではないかと思うような雰囲気があった。

しかし彼は結局、思考を切り替《か》えるようにひとつ息をつく。

『……まあいい。そんなことより、今日の予定は？』

『まだ決めていないが、観光かな。卓也がウッダラ太陽観測所に行きたがっているから。それにこの国は初めてだと言っていたし』

アルベールがそう答えると、ファイサルが小さく笑ったのが聞こえた。

『ウッダラ太陽観測所か……卓也らしいな。じゃ、今日の夜は空けておけよ。光耀がパーティを開くそうだ。ラージールやあいつの友達も来ると聞いている』

『わかった』

短く頷《うなず》くようにアルベールが答えると、ファイサルは部屋を出て行ったようだった。

ばたんと扉が閉まる音がしてしばらくすると、敷布が剝《は》がされ、アルベールが笑いを嚙み殺すような表情をして、覗き込んでくる。

『無事にやり過ごせたな』

『……うん』

なんとなく照れ臭《くさ》いような、顔を合わせづらいような気持ちになって、卓也はぎこちなく頷きながら、顔を背《そむ》けようとした。するとアルベールは卓也を囲い込むように、からだの両脇《りょうわき》に長い腕《うで》をついて覆いかぶさってくる。

『どうした？』

『……別に』

からかうように小さく笑ったアルベールの整った顔が、まるでキスでもするかにように近い。さらにようやく気持ちが落ち着いてきたせいか、今さらながら彼の香《かお》りに気づく。時とともに肌《はだ》になれ、より官能的に感じられる香りだ。

「……わあ！」

とたんに胸が騒《さわ》ぐような気がして、卓也は弾《はじ》かれたように飛び起きた。

さすがのアルベールも、その勢いに押されたようにからだを起こす。

『……どうしたんだ？』

『やっ……は…早く、支度《したく》しないと！』

とっさに口から出た、でまかせに近いことだったけれど、アルベールは妙に納得《なっとく》したように苦笑を漏《も》らす。

『そんなに慌てなくたって、観測所は逃げたりしない』

『いいや！　もう昼だって言われただろ！　あ、先、風呂《ふろ》入るから……!!』

卓也はなんとか散らばっていた下着を探し出して身につけると、逃げるようにバスルームに飛び込んだのであった。

そうして連れて行ってもらったウッダラ太陽観測所は、素晴《すば》らしいの一言であった。

噂《うわさ》に聞いていた通り、湖の真ん中に真っ白な観測所が建てられているのだ。研究所として使われている建物は湖岸にあって、観測所へは桟橋《さんばし》を渡《わた》ってそこへ行くのだが、卓也にとっては、それがとてもロマンティックな道行きに思えた。まるで七夕に出会う彦星《ひこぼし》と織姫《おりひめ》のような気分だと思ったのだ。真っ白な桟橋を渡って、魅力《みりょく》的な相手の許《もと》に会いに行く。

しかしそんな夢想は、あっさりと破られてしまった。

やはり学術的な用事もない一般人《いっぱんじん》など、見学させてもらえなかったのである。

卓也は、我ながら子供っぽいとは思いつつも、非常にがっかりして思わずその場に座り込みそうになってしまった。するとアルベールが見かねたのか、どこかに電話をかけてくれた。

そのとたん、あっさりと見学させてもらえたのだ。彼の、王子としての権限をフルに活用してくれたらしい。

ああ……綺麗《きれい》だったなあ。

改めてアルベールの立場を思い知らされたのはもちろんであったが、見学した内容を思い出すだけで、再び感動が蘇《よみがえ》ってくる。今はすでに帰りのハイヤーの中であったが、卓也は思わずうっとりとした。

実際に観測を行っている設備などはもちろんだが、研究所にて観測結果となる写真も特別に見せてもらえたのだ。当然ながら太陽に関するものしかなかったが、それでも美しい黒点が完《かん》璧《ぺき》に写っているものや、神秘的な表面の変化を捉《とら》えたもの、日々欠かさず行われている記録など、様々なものを見ることができて、非常に感激した。

さらに、卓也のその態度に共感したのか、案内してくれた若い研究者と仲良くなってしまい、彼の研究についても聞くことができたのである。

自分の専門分野というわけではないが、やはり第一線で活躍《かつやく》している人の研究は刺激《しげき》的で、あっという間に時間が経《た》ってしまった。そしてその間アルベールは、嫌《いや》な顔をするどころか、むしろ興味深げに付き合ってくれたのである。

……変な奴《やつ》。いや、これも、王子としての教育の賜物《たまもの》か……？

付き合ってもらっていながらこんな感想を持つのは申し訳ないと思いつつ、卓也はちらりと隣《となり》に座るアルベールを見つめた。するとその視線に気付いたらしい彼は、長い脚《あし》を組み替えながら、こちらを見やって微笑《ほほえ》む。

『何だ？』

『いや……えーっと……つまらないことに付き合わせちゃって悪かったな、と思って』

卓也が口ごもりながらそう言うと、アルベールがわずかに笑いを堪《こら》えるような表情をしたのが見えた。

『別に、つまらなくはなかったぞ』

『え、本当？　太陽に興味があったなんて知らなかったな、意外だ』

思わず卓也が目を丸くすると、アルベールはますますおかしそうに目を眇《すが》めた。

『あんなに活《い》き活きしている卓也を見るのは初めてだったからな。面白《おもしろ》かった』

『あー……そう。まあ、時間の無駄《むだ》じゃなかったのなら……よかったけど』

からかわれているのか何なのか、判断に迷いながらも卓也はそんな相槌《あいづち》を打った。

僕を見て……何が楽しいっていうんだ？

卓也が内心で首をかしげているうちに、二人は無事湖上の宮殿《きゅうでん》へと帰り着いたのであった。


宮殿の中は、いつになく華《はな》やいだ雰囲気《ふんいき》で満《み》ち溢《あふ》れていた。

パーティの会場はプールサイドだと聞いていたのだが、中庭やロビーにまで、おそらくゲストらしい男女が行き交《か》っている。皆《みな》、今回のパーティにふさわしい軽装ではあるが、だからこそ粋《すい》を凝《こ》らした格好で、卓也の目にはお洒落《しゃれ》すぎて眩《まぶ》しい。しかも彼らの肌の色や髪《かみ》、瞳《ひとみ》の色はばらばらで、インド系やらヨーロッパ系、アフリカ系にアラブ系、アジア系など国籍《こくせき》も見事にばらばらのようで、主催者《しゅさいしゃ》である光耀の人脈の広さを表すようであった。

さらに卓也が驚《おどろ》いたのは、そういった人たちが皆、アルベールがいるのに気付くと、いかにも会えて光栄だというように礼を尽《つ》くして挨拶《あいさつ》をすることであった。

それはあの、チャリティ・パーティで見た光景と同じである。

『これはアルベール殿下《でんか》！　お会いできて光栄ですぞ』

『ああ、クシャワール候。ご無沙汰《ぶさた》しています』

『アルベール殿下。お会いできて嬉《うれ》しゅうございますわ。先日は息子《むすこ》が馬術大会でお褒《ほ》めの言葉をいただいたと喜んでおりました』

『いや、彼の馬術はとても見事でした』

次々にかけられる言葉に如才《じょさい》なく応《こた》えながら、アルベールは完璧な微笑みを浮《う》かべる。

それはけして不自然なものではなく、むしろ王子として親しみやすく、しかし気品に溢れるというものであったが、今まで卓也が見たことがないようなものであったせいか、ふと、置いていかれたような淋《さび》しさを感じた。

そんな気持ちは、チャリティ・パーティのときには感じたこともなかったものだったから、卓也は我ながら首を傾《かし》げてしまう。

そうしているうち、アルベールの周りには自然と人の輪が出来ていった。その流れになんとなく圧《お》され、卓也は少し離《はな》れたところでぽつんと一人、彼を待つような格好になる。

人々の向こうに見えるアルベールは、本当に、王子だ。

多くの人を惹《ひ》きつけるような魅力にあふれ、自分とは別世界の人間のように思える。

それはかつてのパーティで感じたことだったけれど、今回は、なぜか妙に落ち着かないような気持ちになった。誰《だれ》かが彼のことを熱っぽい眼差《まなざ》しで見つめるたびにどきりとするし、彼が誰かに視線を向けるたびに、なんとなく胸がもやもやとする。

って、僕、どうしちゃったんだ……。

昨日、初めて他人と抱《だ》き合ってしまったせいなのか。もしそうだとしたら、あまりにも動物的だ。肉体的な反応に、理性が引き摺《ず》られてしまっている。からだの内側にとどめてあったはずの柔《やわ》らかなものが、滲《し》み出てきてしまっているようで情けなくなる。

……仕方がない…のかな。昨夜はあんなに……色々やっちゃったわけだし……。

日中は観測所を見学できる喜びにすべてを吹《ふ》き飛ばしていたけれど、今朝だって、なんだか妙な雰囲気になりかけている。

いや…いやいやいやいや!!

それ以上考えるのはよくないような気がして、卓也はぶんぶんと頭を振《ふ》った。

そのときふと、光耀の言葉を思い出す。雅俊の披露宴《ひろうえん》で、皆が口々に言っていたこともだ。

――女の子との付き合いも気軽過ぎる。それに広範囲《こうはんい》に亘《わた》り過ぎじゃないか？　下手《へた》をしたらお妃《きさき》候補にだってなりうるわけだから、普通《ふつう》、もっと慎重《しんちょう》に吟味《ぎんみ》するだろう。

さらに、今朝のファイサルとの会話。

――なんだ……もう相手を見つけたのか。早いな。

——今回は卓也と一緒《いっしょ》だと聞いていたから、さすがにいつものようには女を引っ張り込まないと思っていたんだが……。

そういったことから考えると、昨夜のことは、卓也にとっては初めての大きな経験であって
も、アルベールにとってはたいしたものではないのだろう。

最中にも囁《ささや》かれた通り、ちょっとした気まぐれ、冗談《じょうだん》交じりのレッスンの延長なのだ。

そこまで考えたとたん、なぜか無性《むしょう》に苦しくなって、卓也は小さくため息をついた。

すると、ふと芳《かんば》しい香《かお》りに気付く。天然の香料《こうりょう》が複雑に調合されたような、官能的な香りだ。

その香りに誘《さそ》われるまま、何気なくそちらを見やると、いつの間にかファイサルが立ってい
た。卓也と目が合うと、からかうように唇《くちびる》の端《はし》をあげてみせる。

『なんだ、こんなところで待ちぼうけか？』

彼の言葉に、卓也は思わず俯《うつむ》いてしまった。

その様子から何事かを感じたらしいファイサルは、軽く眉《まゆ》を上げながら顔を覗《のぞ》き込んでくる。

『どうした？』

そう尋《たず》ねられたのとほぼ同時に、華やかな笑い声が聞こえた。

顔を上げると視線の先で、いつの間にかアルベールの隣に美しい女性が二人、侍《はべ》るようにし
て周囲を巻き込み楽しげに笑いさざめいている。

ヨーロッパ系らしい彼女たちは、輝《かがや》くような金髪碧眼《きんぱつへきがん》に豊かな胸が魅惑《みわく》的な美女と、ブルネ

ットの長い髪を艶《つや》やかに結《ゆ》い上げた理知的な美女だ。彼女たちはタイプこそ違《ちが》えど、どちらも持って生まれた高貴さが感じられるようで、アルベールととてもよく似合っていた。

自分とは、違う。

生まれも、育ちも、何もかも……たとえ王侯《おうこう》貴族でなくたって、あの輝くような容姿をもってすれば、周囲の反応も全く違うはずだ。まかりまちがっても自分のように、この歳になるまで経験が無いような、地味でつまらない生活を送っているわけがない。

……なんだか、いやに卑屈《ひくつ》になってるな……。

今まではあまり気にしていなかったことを考えているように感じて、卓也は思わずため息をついた。

さすがに、経験の無さを全く気にしていなかったといえば嘘《うそ》になるが、今までは、なんとなくここまで思い詰《つ》めて考えることなどなかったのだ。遊びで試《ため》しに誰かと寝《ね》ることには抵抗《ていこう》があったし、それに大体、そんなことができるほどもてるわけでもないのだ。仕方がない。

そう割り切っているはずだったのに、今、妙《みょう》に気にしている自分がいる。

アルベールや彼を取り巻く人々のようにとまではいかなくても、もう少し、自分が洗練されていたら……もう少し、まともな外見をしていたら……。

今まではそんなこと、真剣《しんけん》に考えたことなんてなかった。

ただ毎日、天体のことを考えていられれば幸せで、他《ほか》の人のことなど、どうでもよかった。

髪形や服装や、たわいないおしゃべりなど、人生に必要なものだとすら、思っていなかったのだ。ましてや自分がそうなりたいなどと、考えたこともなかった。

しかし、今、そういうことが妙に気になる。そういう世界に馴染《なじ》めない自分が、なぜか惨《みじ》めな気がする。アルベールたちのようにはなれなくても、彼の傍《そば》にいて、こんな気持ちにならないような自分になりたい。

卓也が思わず唇を嚙《か》みしめたとき、名前を呼ばれた。

はっとして顔を上げると、ファイサルが、興味深そうな表情をしてこちらを見つめている。

『どうしたんだ?』

なぜかからかうような唆《そそのか》すような声色《こわいろ》で尋ねられて、卓也は思わず視線を逸《そ》らす。

『別に、なにも……』

我を忘れたことを思い知らされるようで恥《は》ずかしかったのだが、そこでふと、そんな自分が情けないような気持ちになった。

卓也は意を決したようにきっぱりと顔を上げると、きちんと軽口に聞こえるように、精一杯《せいいっぱい》肩《かた》を竦《すく》めてみせた。

『……ただ、綺麗《きれい》な人ばかりだなと思っただけです。男も女も、洗練されている人ばかりで、僕なんかとは全然違う』

仕上げとばかりに、ファイサルを見つめたまま小さく笑ってみせると、彼の漆黒《しっこく》の瞳《ひとみ》が笑いを堪《こら》えるように細められたのが見えた。

そして次の瞬間《しゅんかん》、ふと、面白いことを思いついたというように、唇の端がゆっくりと上がる。

『洗練、ね……あんなものは、髪形や服装でなんとでもなる』

ファイサルはそこで言葉を切ると、まるで卓也を見定め、暴《あば》くように視線の温度を上げていった。卓也は一瞬落ち着かないような気持ちになったが、すぐにそれが和《やわ》らげられて、ほっと息をつく。

するとファイサルはそれも見透《みす》かしているような笑《え》みを浮かべた。そして、卓也の耳元に顔を寄せると、思わずぞくりとしてしまうような魅惑的な低い声で囁きかけてくる。

『お前は磨《みが》けばもっと光る。明日、それを証明してやるから、俺と一緒に来い』

『ええ!?　そんな……いいです、別に』

驚いた卓也が即座《そくざ》に断ると、ファイサルは驚いたように眉を上げてみせた。

『俺の誘いを断ると言うのか？』

『え……まあ……そうです』

なぜそんな確認《かくにん》をされるのかわからないながらも、卓也が素直《すなお》に頷《うなず》いてみせると、ファイサルは、今度ははっきりと不愉快《ふゆかい》そうな表情を浮《う》かべる。

『この俺が証明してやるというのに、信じないというのか？』

『いや、そういうわけではないですけど……』

卓也は慌《あわ》てて首を横に振ってみせたが、ファイサルにはじろりと睨《にら》まれてしまった。

『ならば、来い。どうせ予定もないのだろう』

『え……ええ、まあ……えっと……』

卓也が言葉を探しあぐねていると、ファイサルはこれ以上の問答は不毛だとばかりにさっさと明日の待ち合わせ時間を決めてしまった。午前中のその時間までに、彼が泊《と》まっているスイートに来いというのだ。

『……わかりました』

もはや断れないような雰囲気《ふんいき》に、なんとなく何かを決したような気持ちになって卓也が頷くと、ファイサルはにやりと笑い、ふと悪戯《いたずら》っぽい眼差《まなざ》しを覗かせた。

『アルベールには何も言うなよ。あいつが驚《おどろ》く顔が見たい』

『……はい』

その方が卓也にとってもよかったから、今度はすぐに頷いてみせる。イメージチェンジしてくるなどと、わざわざ宣言して出かけるのは照れ臭《くさ》いなと思ったのだ。

そのとき、アルベールがようやくこちらに戻《もど》ってくるのが見えた。

しかし何があったのか、今まで見たことがないような硬《かた》い表情をしている。

驚いた卓也が目を瞠《みは》ると、隣《となり》でファイサルが吹《ふ》き出すように小さく笑った。

『それじゃ、明日』

ファイサルは再び卓也に顔を寄せるようにして囁くと、アルベールには視線だけを投げて挨《あい》拶《さつ》し、去っていった。

アルベールもそれに応《こた》えながら、卓也の許《もと》にやってくる。そして一瞬口を開きかけるような素《そ》振《ぶ》りをしたが、結局は黙《だま》ったまま、卓也の肩《かた》に腕《うで》を回すようにして促《うなが》した。

なんとなく、今までとは雰囲気が変わったような気がして、卓也は落ち着かない気持ちになる。話しかけた方がいいような気はするのだが、どうやって切り出せばいいのかわからない。

そのうちに部屋に着いてしまい、卓也はさらにどうすればいいのか戸《と》惑《まど》ってしまった。

今までの流れからいけば、着《き》替《が》えてパーティ会場に戻るということなのだろうけれど、これから華《はな》やかな場に行くというには雰囲気が妙な感じだし、そもそも卓也はそういった場に着ていけるような服など持って来ていないのだ。

そのため卓也が一瞬自分の部屋に戻るのを躊《ため》躇《ら》うと、それに気付いたらしいアルベールが思い切ったように口を開いた。

『そういえば……さっきは何だったんだ？』

『え？』

何のことだかわからなくて卓也が目を丸くすると、アルベールはわざわざ口に出したことを後《こう》悔《かい》するように、珍《めず》しく視線を逸らした。

『つまり……ファイサルと、何か話していただろう』

『あ……ああ、うん……』

まさか、自分がアルベールたちみたいになりたいなどとぼやいて、慰《なぐさ》めてもらっていたなんて、恥ずかしくて言えない。

卓也が思わず俯《うつむ》いて顔を赤らめてしまうと、突然《とつぜん》、二の腕《うで》を摑《つか》まれ、引き寄せられた。

突然のことに虚《きょ》を突《つ》かれ、抗《あらが》う間もなく抱《だ》き締《し》められる。

『なっ……!?』

なんだかこれまでとは違うような彼の雰囲気に圧《お》されて、卓也が口を開きかけたとたんに、くちづけられた。そのままそこから、激しく何かを奪《うば》うように、侵《おか》すように貪《むさぼ》られて、卓也は一瞬、意識を飛ばす。しかし次の瞬間に、アルベールの聞いたことがないような苦々しい声に気付いて、引き戻された。

『……くそっ……どうして、あいつの名前を出しただけで、そんな表情をするんだ……』

無意識に漏《も》らしたような呟《つぶや》きだったが、何か誤解されているような気がして、卓也は反射的に口を開きかけた。しかしその拍子《ひょうし》に、ぞろりと舌を入れられてしまう。口中を愛撫《あいぶ》されて、呼吸が苦しい。飲み込みきれない唾液《だえき》が唇《くちびる》の端《はし》から零《こぼ》れるのがわかる。奥深くまで愛されるたびに熱っぽい痺《しび》れが全身を襲《おそ》い、上手《うま》く立っていられなくなる。

『……っ……ふ』

がくがくしてしがみついたとたん、ベッドまで引き摺《ず》られ、押し倒《たお》されてしまう。

弾《はず》むからだを押し付けるように、そのままさらに愛撫される。もはやどちらのものともわからない荒《あら》い吐息《といき》が響《ひび》く中、すべてが暴かれてしまう。

いつの間にか身につけていたものはすべてはだけられてしまい、熱っぽくなったからだが外気に触《ふ》れたのがわかる。そしてなぜか、胸の辺りにアルベールの手が這《は》わされるのを感じる。

『や…何……ぁっ……！』

いぶかしげな声を出したとたん、奇妙《きみょう》な感覚に襲われ、卓也は慌てて口を結んだ。胸の尖《とが》りを押し潰《つぶ》されて、舐《な》められたのだ。粒《つぶ》を確かめるように舌を這わされ、もう片方は大きな手のひらで揉《も》むようにしながら指先で強く弄《いじ》られている。そんなところを触《さわ》られるのは初めてだ。女の子でもないのに、そんな場所、感じるわけがない。

しかしその一方でじわりと広がるような妙な感覚があり、卓也は息を弾ませた。

『っ……んっ……！』

未知の感覚に怖《こわ》くなり、卓也が身を捩《よじ》ろうとしたとたんに、両の粒に熱いような痛みが走った。小さく嚙《か》まれて潰された程度ではあったけれど、予想外のことに卓也は身を跳《は》ねさせる。

『やっ…も、なんで、いきなり、そんなとこ……』

思わず涙目《なみだめ》になってしまいながらアルベールを見下ろすと、彼が悪戯っぽい表情でぺろりとそこを舐めたのが見えた。

『なぜって…… いくら王子とはいえ、そこまで無私にはなれないからに決まっているだろう。

気に入っているものに妙なちょっかいを出されたとあっては、面白《おもしろ》くない』

『なっ……？』

よくわからないような論旨《ろんし》で押し切られてしまい、卓也は目を白黒させた。その合間にも、たった今もたらした痛みを和らげようとするかのように、ぺろぺろと舌を使って舐められる。

するとじんじんと血が戻るような感触《かんしょく》が広がり、もどかしいような奇妙な感覚が沸《わ》き起こってきた。アルベールの舌先が、嬲《なぶ》るように粒の上で蠢《うごめ》いているのがわかる。熱いような感覚の中で、焦《じ》れるようにそこが尖り始めたのがわかる。

『すごくいやらしく膨《ふく》らんできたな……気持ちがいいのか？』

煽《あお》るように低く微《かす》かに笑われて、卓也は身を捩るように見せかけながら腰《こし》をもじもじとさせた。我ながらよくわからないのだが、胸を弄られれば弄られるほど、その熱が中心に滴《したた》ってくる。もどかしいような気持ちになってしまう。

するとアルベールはそれを見逃《みのが》さないというように、卓也の内腿《うちもも》の間に手を差し込んできた。

「あっ……んんっ……！」

パンツの上から形を確かめるように握《にぎ》り込まれてしまい、卓也はつい艶《なま》めかしい声を上げてしまう。するとアルベールは喉奥《のどおく》で笑うようにして、再び胸にくちづけてきた。今までは存在すら意識していない場所であったはずなのに、ゆっくりと自身を煽られながら、彼の唇や舌で尖りを嬲られ、歯を立てられてしまうと、わけがわからなくなりそうなほどの快感を覚える。

「っ……ぁ……はっ……」

それでもなんとか堪《こら》えようと卓也は身を捩ったが、その動きを利用するように前を開かれ、全《すべ》てを引き下げ、取り払《はら》われてしまった。

「やっ……」

火照《ほて》ったような熱を帯びたからだが剝《む》き出しになり、外気を感じたとたんに心もとなくなる。

卓也は思わず子供のような声を漏らして足を閉じようとしたが、小さく笑ったアルベールにからだを入れられ、阻《はば》まれてしまった。さらに全てを暴《あば》くように両腿を押し広げられて、身の置きどころがないような羞恥《しゅうち》を覚える。

『ぁ、や…だっ……！』

卓也がその状況《じょうきょう》から逃《に》げ出したいと覆《おお》いかぶさっているアルベールを押しのけようとすると、逃さないというように荒々《あらあら》しくくちづけられてしまう。

そして胸の尖りと同時に中心までも彼の大きな手によって愛されてしまい、卓也は胸を喘《あえ》がせることしかできなくなった。もはや、どこから快感がもたらされているのか、わからない。

全身がまるで誘《さそ》うように淫《みだ》らに反り返って、腰が震《ふる》え始めてしまうのがわかる。

『んっ…ンンっ……!!』

腿の内側に、鈍《にぶ》く痺れるような熱がはしっていく。それはもどかしいような滴りとなり、卓也の尻《しり》を蠢かせてしまう。そして一度切れた堰《せき》は戻しようがないとでもいうように、卓也の腰はアルベールの手と引き合うように動き始めてしまった。

『ぁっ……も、やだっ…やだっ……！』

自らの卑猥《ひわい》さを受け入れられないというように、卓也はつい泣き声をあげてしまう。

すると再び、アルベールに小さくくちづけられた。可愛《かわい》くて堪《たま》らないというように、眇《すが》められた青い瞳《ひとみ》で覗《のぞ》きこまれて、囁《ささや》かれる。

『なんて可愛らしいんだ……卓也。大丈夫《だいじょうぶ》だ、いやらしいのはお前だけじゃない』

アルベールはそこで低く微笑《ほほえ》むと、卓也の手を掬《すく》い取って、自身の前に導いてみせた。触れさせられたそこは、はち切れんばかりに大きく、硬《かた》くなっているのがわかる。

『……っ……』

その感触に卓也が思わず息を呑《の》むと、アルベールは自らの痴態《ちたい》に苦笑《くしょう》したように息をついて、頬《ほお》にくちづけてきた。それは、頬から耳の下、首筋、鎖骨《さこつ》、胸、みぞおち、腹……と徐々《じょじょ》に下がっていく。まるで全てを愛《いと》おしむように丁寧《ていねい》にくちづけられて、卓也は、つい息を深く吐《は》き出してしまった。

しかし次の瞬間《しゅんかん》、全身がびくりと強張《こわば》る。その流れのまま、卓也の先端《せんたん》にも、ちゅっとキスを落とされたからだ。

『やっ……ぁあっ……』

反射的に拒《こば》もうと起き上がりかけたとたん、躊躇《ためら》いもなく深く含《ふく》まれてしまい、卓也は再びシーツの中に倒れこんだ。まるでそこに全てが集まってしまったかのように、自身がうまくコントロールできない。熱くねっとりとしたアルベールの口内に引き込まれて舐めしゃぶられてしまい、ぎこちなくからだを震わせることしかできない。

『ぁっ、だめ……だめっ……‼』

これまでのアルベールとの手淫《しゅいん》など吹《ふ》き飛んでしまうような濃厚《のうこう》な快楽に、卓也はもはや羞恥を感じる余裕《よゆう》すらなく、びくびくと内腿を引き攣《つ》らせた。

端整《たんせい》なアルベールの唇が、卓也のものを呑み込んでいる。卑猥なかたちに口を使い、漏らしてしまった卓也の先走りや唾液で顎《あご》や唇を汚《よご》している。

しかし、その様子に奉仕《ほうし》めいた慎《つつ》ましさや弱々しさは欠片《かけら》もない。ただ自らの獲物《えもの》を極上《ごくじょう》のやり方で喰《く》らっているとでもいうような、野生の獣《けもの》の牡《おす》の猛々《たけだけ》しさが放たれていた。熱を帯びた青い瞳は、卓也をまっすぐに射貫《いぬ》いて揺《ゆ》るがない。そしてその匂《にお》いたつような男の艶《つや》は、卓也の腰骨《こしぼね》を如実《にょじつ》に焼いた。この男に、食べられてしまう。

そう感じた瞬間、悪寒《おかん》のような熱が尾骶骨《びていこつ》から腰まではしった。

『ぁっ、も、だめ、だめっ……でるっ……‼』

慌《あわ》ててアルベールを引き剝《は》がそうとしたけれど、いっそう深く呑み込まれてしまう。挙げ句、ますます強く引き絞《しぼ》られてしまって、卓也は為《な》す術もなくびくびくと内腿を震わせた。あまりに激しい吐精の快感に、尻が浮《う》くようにして震えてしまう。アルベールに愛されることで零れていた卓也の先走りや彼の唾液が、もったりと後ろを流れていくのがわかった。

あー……もう、だめだ……。

その卑猥な感触やアルベールの口の中に吐き出してしまった現実に神経を焼かれるような気持ちがして、卓也は両腕《りょううで》で自分の顔を隠《かく》そうとする。

しかし次の瞬間、含まれたままの自身が揺らされ、ごくりという喉音が響いた。

……まっ、まさか……。

信じられないような気持ちで卓也が上半身を起こすと、アルベールの青い瞳とぶつかる。

すると彼は小さく笑って口を離《はな》し、まるで見せ付けるようにゆっくりと唇を舐めてみせた。

『なんだ……感想が聞きたいのか？』

『なっ……なんで、そんなこと……』

衝撃《しょうげき》のあまり卓也が口をぱくぱくとさせると、アルベールは熱っぽい眼差《まなざ》しをしたまま、悪《いた》戯《ずら》っぽく笑って頬にくちづけてきた。

『さっきも言っただろうが。お前のすべてが欲しいからだ』

そのとき、太腿《ふともも》のあたりにアルベールのものを感じる。はっきりと熱く張りつめていて、卓也は改めて自分だけが吐き出していたことに気付く。

『ぁ……』

思わずアルベールを見つめてしまうと、彼はにやりと笑って再び押し倒《たお》してくる。

『気にしなくていい。今日は、ここを使わせてもらう』

首を傾《かし》げたとたんに後ろをゆるりと撫《な》で上げられてしまい、卓也は思わず妙《みよう》な声を上げてしまった。

『えっ……ひゃあ！』

すると、濡《ぬ》れそぼっていたそこでアルベールの指先が滑《すべ》り、つぷりと浅く埋《う》められてしまう。先ほどの口淫で卓也が垂れ流していた先走りやアルベールの唾液《だえき》によって、十分に濡らされていたのだ。

『ぁっ……やぁっ……』

そのままさらに奥深くまで探《さぐ》られてしまい、卓也は彼の指先から逃れるようにぎこちなく内腿を引き攣らせた。考えもなく動いてしまうと、指先がさらに奥に入り込んでしまうような気がする。よく滑《すべ》っているため痛みはないが、その奇妙《きみよう》な感覚に、全身を支配されたような錯覚《さつかく》を感じる。

『やっ…やだ、ぁ、ああんっ……!!』

嫌《いや》だと頭を振《ふ》りかけたとたんにある場所を擦《こす》られ、卓也は全身を跳《は》ね上げさせた。アルベールが満足そうに唇《くちびる》の端《はし》を上げたのが見える。

『ああ……ここか』

『ぁっ、あっ、あぁっ……』

こりこりとしたそこを指先で引っかくようにされてしまうと、もはやなにも考えられなくなる。一気に自身が勃《た》ちあがってしまうのがわかる。ぎこちないながらも堪えきれずに内腿が開き、卑猥な動きで腰《こし》が揺れてしまうのがわかる。

『ぁ……っ、アルベールっ……』

あまりのその衝撃に、全てを暴かれてしまったような心細さを感じた。もはや抗《あらが》うことも出来ず、卓也がからだの傍に突《つ》かれていたアルベールの腕《うで》に縋《すが》ると、彼は蕩《とろ》けるような笑《え》みを漏《も》らして、くちづけてくれる。

しかしそれと同時にさらに指を増やされてしまい、卓也は彼の口の中で甘い悲鳴をあげることになった。するとアルベールが低く喉奥で笑った気配とともに、ますます深く愛されてしまう。そうして両方から快感をもたらされていると、全身がぐずぐずになって溶《と》けてしまうような錯覚をおぼえた。全てが蕩けてしまって、わからなくなる。

卓也がくたりとベッドに沈《しず》みかけたとき、アルベールが微《かす》かに笑ったのがわかった。

『あ……ン』

ずるりと指が引き抜かれ、卓也は反射的に腰を震わせた。押し開《ひら》かれていたそこが、麻痺《まひ》したようにじんじんと熱い。すると次の瞬間、ゆっくりと後ろにアルベールのものがあたるのがわかった。卓也は思わず息を震わせたけれど、もはや引き返しはしないというような力強さで両腿を抱《かか》え上げられてしまう。

じわじわと、アルベールの熱が入り込んでくる。

『あっ……ああ……っ』

そこから全てが奪《うば》われてしまうような圧迫感《あっぱくかん》に、卓也は思わず小さく呻《うめ》いた。すると、アルベールがシーツを握《にぎ》り締《し》めていた卓也の手を掬い上げてキスしてくれる。そして自身を中に馴《な》染《じ》ませるようにゆっくりと腰を進めた。

『ンぁっ……ぁあんっ……!!』

すぐに太い切っ先が感じる場所を擦り、卓也は女の子のような声をあげてしまった。下腹からじんじんと、さざ波のような快感が沸《わ》き起こる。呑み込まれるようなその感覚は、気持ちがいいのと同時に怖《こわ》くなるようで、卓也はアルベールの手に縋るようにぎゅっと握った。

するとアルベールが嬉《うれ》しそうな笑みを浮かべて、抱《だ》き締めてくれる。

『卓也……』

『ン……ンっ……』

さらに名前を呼ばれながらくちづけられて、卓也は甘い声を漏らした。そのとたんにからだのこわばりが楽になったような気がする。すると気遣《きづか》っていたらしいアルベールの腰がゆっくりと動き始めた。

『あ……は……ぁ、ぁあっ……』

からだの内側を擦られ、揺り動かされる感覚に、卓也は全身を仰《の》け反らせた。アルベールが自分の中にいる。そう思うと、ひどく不思議な気がした。どくどくと熱い鼓動《こどう》を感じられるのが嬉しいような、切ないような、妙な気持ちになる。

『っ……はぁっ……』

自分でもよくわからないまま衝動《しょうどう》にかられ、卓也はアルベールの引き締まったからだに両手を伸《の》ばした。乱れてはいるが、かろうじて纏《まと》われているシャツ越《ご》しの肌《はだ》は、驚《おどろ》くほど熱い。汗《あせ》に湿《しめ》ったようなそれにしがみつくと、アルベールの穿《うが》ちはますます激しくなった。

『ぁっ……アル、ベール……アルベールっ……！』

呼吸が止まってしまいそうになるほど、からだが熱い。彼に貪《むさぼ》られるたびに泣き出しそうなほど気持ちが良くなってしまう。

快楽に追い詰《つ》められたような気持ちで卓也がアルベールの名前を呼ぶと、貪るようにくちづけられた。

『っ……卓也……』

『あっ…あああっ……!!』

押し殺したような熱っぽい吐息《といき》とともに、体内がさらに卑猥《ひわい》に押し広げられる。卓也はその感触《かんしょく》に煽《あお》られながら、弾《はじ》かれたように全身を仰け反らせた。

卓也は何もかもがめちゃくちゃにされてしまうような激しい官能をおぼえ、そのまま溺《おぼ》れてしまったのであった。

……信じられない……。

輝《かがや》くような朝の光に晒《さら》されながら、卓也はまたしても頭を抱えていた。

昨夜の痕跡《こんせき》を残したベッドは思わず赤面してしまうほどに乱れ、傍《かたわ》らではアルベールが満ち足りたように眠《ねむ》っている。

そんな彼の、陽《ひ》に透《す》けるような金髪《きんぱつ》や睫毛《まつげ》をぼんやりと眺《なが》めながら、卓也は小さくため息をついた。

いわゆる男女間でそうするように、最後までしてしまったのだ。

まだ、女の子ともしたことがなかったのに……。

卓也がしがしと頭のあちこちを掻《か》き毟《むし》る。

別に気持ち悪いとか、そういうのはないのだけれど、なんだか、妙に落ち着かないのだ。

今すぐ駆《か》け出してしまいたいようなくすぐったさもあるが、なんだか腑に落ちない気もする。

途中《とちゅう》から自分も流され、気持ちよくなってしまったのだけれど、なにしろ、いきなり押し倒されたのだ。

本当に好きだったら、あんなこと、しないよな……？

たとえやりたかったにせよ、もっと大切に、丁寧《ていねい》に相手の気持ちを慮《おもんぱか》って始めるはずだ。もし自分が好きな相手に対するときにはそうするだろうし、だいたい、アルベールは基本的に優《やさ》しい男なのだ。

そんなことは毎日を一緒《いっしょ》に過ごしていればよくわかるし、チャリティ・パーティのとき、卓也が粗相《そそう》をしてしまった女の子に対して、まるで淑女《しゅくじょ》に対するように接していたではないか。

やっぱり、僕が相手だから、かな……。

アルベールが初めてということもあって、相手にされるがままになっているわけだし、彼の周りにいるような容姿端麗《たんれい》な美女でも美男子でもない。

そう思ったとたんに胸奥が引き絞《しぼ》られるように感じて、卓也は思わずため息をついた。

そのとき、ふと、ある考えが浮《う》かぶ。

今まではこんなこと、考えたこともなかったのに、アルベールとやってしまうとこれだけ色々気になるなんて、自分は、女の子より男の方が好きなタイプの人間なんだろうか。

今まで男を好きになったことなどないし、男相手に妙《みょう》な気持ちになったこともない。報《むく》われたことはないけれど、好きになるのはいつも女の子で、経験がないといえども、やはり女の子を対象にして興奮していた。

しかしそう考えなければ、この状況《じょうきょう》を説明できないような気がしたのだ。

アルベールが嫌《きら》いなわけではなく、むしろ好意を抱いているけれど、それが恋愛《れんあい》感情なのかと問われるとわからないような気がする。

少なくとも、今まで経験がある感情とは、全く違《ちが》うからだ。

たとえ数少ない経験とはいえ、今までは、遠くから見つめているだけでも、なんとなく幸せな気持ちになれた。アルベールを見つめるときのように、落ち着かない気持ちにはならない。

それに、こんな……かき乱されるような気持ちにはならなかった。

こんなに激しい、劣等感《れっとうかん》を感じて苦しむこともなかった。

からだを交わらせてしまったせいか、なぜか内側から、色々なものが壊《こわ》されてしまうように感じる。大切にしてきたはずの価値観も何もかも、すべてが変えられてしまうような気がする。

好きというよりは、怖い。

自分が、どうにかなってしまいそうな気がする。どこか遠くに、連れ去られてしまうような気がする。

……もしかして、セックスという行為《こうい》に溺《おぼ》れているとか……やっぱり、いわゆる、初めての相手なわけだし……。

そんなことまで考えてしまったとき、卓也の視界に時計が映った。

ファイサルと約束している時間まで、もう少しだ。

まずい、遅刻《ちこく》する……！

卓也はアルベールを起こさないよう、気をつけながらも慌《あわ》てて起き上がった。

そのとたんに、鈍《にぶ》い痛みに襲《おそ》われる。

え、何……。

首を捻《ひね》りかけた瞬間《しゅんかん》、昨夜の痴態《ちたい》が蘇《よみがえ》る。からだの奥に、アルベールを受け入れたせいだ。

う、わあ……。

卓也は一瞬にして真っ赤になると、ぶんぶんと首を振《ふ》って妙な記憶《きおく》を振り払《はら》った。

そしてなんとかからだをかばいながらシャワーを浴びると身支度《みじたく》を終え、メモを残す。外から帰ってきたアルベールがいつも外した腕時計《うでどけい》を置く、入り口にあるチェストの上だ。

〝ファイサルとちょっと出かけてきます。夜までには戻《もど》るので心配しないでください〟という簡潔なものだったけれど、よく考えたら行き先を聞いていなかったし、一人で出かけたと思われれば、余計に心配をかけてしまいそうな気がする。

卓也は腕時計を重石《おもし》代わりにすると、音を立てないようにして部屋を出ていった。

ファイサルの宿泊《しゅくはく》しているスイートは、卓也たちの部屋と同じ並びではあったが、広い宮殿《きゅうでん》の逆サイドにあった。

古い時代に造られたせいか、長い回廊《かいろう》には数段の起伏《きふく》がついている。吹《ふ》き抜《ぬ》けになっている天井《てんじょう》からは、鮮《あざ》やかな日射《ひざ》しが燦々《さんさん》と差し込んでいた。しかし、全体的に石で造られた宮殿内はどこかひんやりとして、悠久《ゆうきゅう》の時を感じさせる。昨晩のパーティが遅《おそ》くまで続いたのか、元々静かな宮殿内はさらに静まり返っていて、人影《ひとかげ》も見当たらなかった。

しかしファイサルはさすがに起きていたようで、部屋にたどり着いた卓也がノックをすると、すぐに入室を許す声が聞こえた。

『お…はようございます』

卓也がそう言って扉《とびら》を開けると、やはり豪奢《ごうしゃ》な部屋が広がっていた。こちらの部屋は緑を基調としているため、爽《さわ》やかだ。置かれている家具や調度品も卓也たちの部屋とは異なっていたが、どれも目を奪《うば》われてしまうほど見事な点に変わりはなかった。そして卓也の部屋にあたるスペースがない分、こちらの方が広々としている。

ぐるりと見渡《みわた》すと、ファイサルは、湖に面した大きな窓際《まどぎわ》のソファでゆったりと新聞を読んでいるところだった。それが毎日の習慣らしく、目の前のテーブルには他《ほか》の新聞が数紙とビジネス雑誌らしきものが、すでに目を通した後のように積まれている。

そして彼自身はといえば、今日もアラブ服ではなく、いかにも上質そうな麻《あさ》のシャツを腕《うで》まで捲《まく》ってカジュアルに着こなし、ベージュのパンツを爽やかに合わせていた。淡《あわ》い色の組み合わせが彼の褐色《かっしょく》の肌《はだ》を引き立て、精悍《せいかん》な雰囲気《ふんいき》をいや増している。

『ああ、来たな』

ファイサルはそう笑うと、立ち上がった。そして特に出かける支度をするわけでもなく、卓也を促《うなが》すと部屋を出る。

その気軽さに卓也は内心で首をかしげていたが、すぐにその理由がわかった。

連れて行かれたのは、宮殿から外に出るためのボート乗り場ではなく、一階にある別のスイートルームだったからだ。

ドアを開けると、正面に、湖に面したテラスが突《つ》き出るように造られているため、部屋の中はとても明るく、景色が見渡せるような開放感があった。かつては誰《だれ》か女性が使っていたのか、明るい黄緑の壁《かべ》にはたくさんの花が散っている。他の部屋と同様、家具や調度品も素晴《すば》らしいのだろうが、あまりよく見ることができなかった。

なぜなら、広い部屋いっぱいに、服や靴《くつ》、帽子《ぼうし》に小物といったものが準備されていたからだ。

しかも、それらはどれも、卓也でも知っているようなヨーロッパの高級ブランドのものばかりだ。品物の前には、各ブランドからそれらを持ってきたらしい店員たちがずらりと並んでいる。男女や国籍《こくせき》の違《ちが》いはあれども、いかにも高級ブランドを代表するにふさわしい類稀《たぐいまれ》な容姿と洗練された着こなしをしているものばかりだ。

さらに驚《おどろ》くべきことに、彼らは敬意を示しながらも、旧知の仲のようにファイサルに挨拶《あいさつ》をし、招かれた礼を述べていた。

卓也が目を丸くしていると、それに気付いたらしいファイサルがたいしたことではないかのように説明してくれる。

『我が一族には、信心深い人間が多い。そのため女性は外出を極力控《ひか》えるから、買い物の際には、こうしてブランドの方から人を派遣《はけん》し、品物を持ってきてくれるんだ』

『……ってことは、みんな、貴方《あなた》の国からわざわざ来てくれたってことですか？』

ますます目を丸くすると、ファイサルはさすがに苦笑《くしょう》してみせた。

『まさか』

『なんだ、よかった……』

卓也がほっと息をついたのもつかの間、彼はさらに驚くべき訂正《ていせい》をする。

『皆《みな》、本店の人間ばかりだから、ヨーロッパから来ている』

……それって、もっと凄《すご》いことじゃないのか⁉

もはや声にならず、卓也はぱくぱくと口を喘《あえ》がせた。この国に来るのはもちろんだが、ファイサルの一族が買い物をするたびに、彼の国にも行っているのだ。それだけ、上等な顧客《こきゃく》と見《み》做《な》されているのだろう。

そんな待遇《たいぐう》を受けるには、一回につき、どれくらいの買い物をすればいいんだ？

卓也は思わずそんなことを考えたが、そのときふと、あることに思い至った。

こんな高級ブランドの洒落《しゃれ》た服など、万が一にも自分が着こなせるとは思わない。しかし他に選択肢《せんたくし》があるわけでもないし、ここまで準備されてしまっては、買わないわけにはいかないだろう。だが、卓也にそんな財力はない。

『ちょっ……待った！』

卓也は慌ててファイサルの腕を摑《つか》むと、部屋の隅《すみ》に引っ張っていった。何事かと眉《まゆ》を上げた彼に向かって、卓也は言葉を選ぶ余裕《よゆう》もなく、声を潜《ひそ》めて必死に口を開く。

『せっかくですけど、僕にはこんな、高価な服を買うお金なんて、ありません！　お金のある貴方たちとは違って、僕は日本の普通《ふつう》の学生、しかもどっちかって言うと貧乏《びんぼう》なので!!』

最後は妙に胸を張ってきっぱりと言い切ってしまい、それがおかしかったのか、ファイサルは笑いを嚙《か》み殺すような表情を見せた。そして何を言い出すのかというように、肩《かた》を竦《すく》める。

『俺の提案でこうしているのに、お前に金を払わせるわけないだろう。それじゃ、ただの押し売りだ。俺からのプレゼントだから、金のことは気にするな』

『そ、そんなこと言われても……プレゼントなら、ますます困ります。こんな高価なもの、もらえない』

卓也がそう言い募《つの》ると、ファイサルは苦笑して、何事かを考えるような眼差《まなざ》しをした。

『卓也、お前は誰かにジュースを奢《おご》ったことはあるか？　何かの御礼《おれい》でもなんでもなく、例えば自分の分を買ってくるついでとか、気まぐれでだ』

『それは……ありますけど……』

突然《とつぜん》何を言い出したのかと、卓也が目をぱちくりとさせると、ファイサルはにやりと笑う。

『それと同じことだ、気にするな』

『ええ!? いや、全然違いますよ……!』

卓也が思わず反論すると、ファイサルは肩を竦める。

『なぜ、ジュースと全く違うと思うんだ』

『だって、値段が全然違います』

そう言い返すと、ファイサルはあっさりと首を横に振ってみせる。

『俺にとってはほぼ同じだ。こういう言い方は嫌《いや》みに聞こえるかもしれないが、俺の財力からいえば、ジュース一本奢るのと、今回のことをプレゼントするのとでは、たいして差がない』

彼はそこで言葉を切ると、悪戯《いたずら》っぽい笑《え》みを閃《ひらめ》かせる。

『それに今回のことは、お前のためだけじゃなく、俺のためでもある。お前がどこまで洗練されるのか見たいし、その結果によってアルベールを驚かせたい。そういう遊びのために多少の金がかかるのは当然だろうが』

『えええ? えっ……と』

あまりにきっぱりと言われてしまったせいか、どう反論すればいいのかわからなくなって卓也は困ってしまった。するとファイサルはますます笑みを深めて、ぽんと卓也の肩を叩《たた》く。

『アルベールを驚かせるのに、手を貸してくれ』

『……え……じゃ……ありがとう、ございま、す……』

迷いつつも押し切られてしまい、卓也が礼を述べると、ファイサルは満足げに笑った。そして人々がいる方を振《ふ》り向くと、一人の若い男に合図を送る。

歩み寄ってきた彼は、お洒落に詳《くわ》しくない卓也でも目を瞠《みは》るような人物だった。ヨーロッパ系で、少し癖《くせ》のある蜂蜜色《はちみついろ》の髪《かみ》をあえてくしゃくしゃに立て、半袖《はんそで》の襟《えり》付きシャツにニットタイ、膝下丈のパンツを合わせている。格好良く甘い顔だちにそのプレッピーな着こなしがよく似合っていた。

『初めまして。フランツと言います。今日はよろしく』

フランツと名乗った男はにっこりとそう言うと握手《あくしゅ》を求めてきた。よく事情がわからないながら卓也がそれに応《こた》えてうなずいて見せると、彼は笑みを滲《にじ》ませた瞳《ひとみ》でファイサルを見やった。

『あなたの言った意味がわかりましたよ、ファイサル。確かにこれでは、勿体《もったい》ない』

さらに意味がわからず卓也がきょとんとしていると、ファイサルは自信たっぷりに唇《くちびる》の端《はし》を上げてみせた。

『だろう？　せっかくの原石も、磨《みが》かなくてはただの石コロだ。せいぜい磨いてやってくれ』

ファイサルがそう言うと、フランツは心得たというように笑みを深めて、卓也をバスルームの方に案内した。白い大理石で造られたそこには、美容室のような準備が調《ととの》えられている。

卓也は、全身が映るほど大きな鏡の前に置かれた椅子《いす》に座らされ、フランツがどういう髪形《かみがた》にするか考えるように背後に立った。そうされると、格好良くてお洒落な彼と自分の対比が痛いほど視界に突き刺《さ》さってきて、卓也は思わずいたたまれないような気持ちになる。

しかしフランツとファイサルは全く気にせず、二人で相談を始めた。

『日本じゃ髪の色を明るくするのが当たり前だって聞いてるけど、せっかく綺麗《きれい》なブルネットだから、このまま活《い》かした方がいいと思う。顔立ちも、理知的なのに無垢《むく》な雰囲気があるところが魅力《みりょく》になっていると思うから、全体的に軽くして、オリエンタルな雰囲気を出そう。どうかな？　ファイサル』

『全面的にお前に任せる』

ファイサルがそう答えたとき、携帯《けいたい》電話が鳴り出した。卓也がちらりと鏡を見ると、背後に映っているファイサルが、パンツのポケットから無造作に携帯電話を取り出したのが見える。

『……アルベールか。なんだ』

卓也が見つめているのに気付き、ファイサルは鏡越《かがみご》しに片目をつぶってみせる。

『ああ、卓也なら俺と一緒《いっしょ》だ。どこで何をしてるかって？　帰ってから本人に聞けよ。……わかった、夜までにはきちんと部屋まで送ってやる』

ファイサルはそこで言葉を切ると、まるでアルベールの代わりのように卓也を見やって、笑いを噛み殺すように唇の端を上げた。

『そんなに心配するなんて、まるで恋人《こいびと》みたいだな』

卓也が思わずどきりとすると、電話の向こうのアルベールの声に耳を傾《かたむ》けているファイサルがこちらを見つめたまま、笑みを深めるのがわかった。

『……まあ、確かにそうだな。卓也に何かあったら、あいつを連れてきた友人としては、申し訳が立たない』

友人……なんだ……やっぱり、そうだよな。

なんだか妙《みょう》な流れであいうことになってしまっただけで、アルベールだって、僕のことが好きだとかそういう気持ちはないんだ。

そう思ったとたん、全身のちからが一気に抜《ぬ》けるような感覚に襲《おそ》われた。

安心したのだと思った瞬間《しゅんかん》、がっかりしている自分にも気付く。そしてなぜか、胸のどこかがわずかに苦しい。

なんで僕が、こんな気持ちになってるんだ。

卓也は思わず顔を顰《しか》めてしまいつつ、鏡の中の自分から、ゆっくりと目を逸《そ》らした。

そうやってフランツに髪の毛を切られた後は、眼鏡《めがね》選びが待っていた。彼はなんと、コンタクトまで用意してきていたのだ。しかし、さすがにそこまでは照れ臭《くさ》いと断ると、洗練された銀フレームの眼鏡をかけさせられてしまう。

そうして先ほどの部屋に戻《もど》ると、待機していた店員たちが一斉《いっせい》にどよめいた。

『信じられない……！』

『まるで別人みたいだ』

『見違《みちが》えたね……フランツ、君の腕《うで》は凄いな』

『すごく格好良くなったわよ、卓也』

『知的な顔だちなのに可愛《かわい》らしくて、不思議な魅力があるわ』

『こうなったら俺たちも、腕によりをかけて身につけるものを選ばなくてはな』

彼らは口々にそう言うと、一斉に服を選び始めた。中には卓也のあまりの変身ぶりに想像力を刺激《しげき》されたと、いくつものスタイリングを提示する者もいる。

卓也は目が回りそうになりながら、それらを次から次へと試着させられたのであった。


卓也はどきどきしながらアルベールの部屋の前に佇《たたず》んでいた。

身にまとっているのは、ちょっとしたパーティにでも着ていけるようにと選んでもらった、シャイニー・グレーの涼《すず》しげなスーツだ。この国ではそれでも暑いからと、着崩《きくず》せるようなアイテムまで考えてくれた。ジャケットの中にV字のカットソーを合わせ、ネクタイの代わりに細長い麻《あさ》のストールを巻いている。足元はなんと、珍《めずら》しい濃紺《のうこん》に染められたクロコの革靴《かわぐつ》だ。

……大丈夫《だいじょうぶ》……かな。

フランツに髪を切ってもらい、みんなに選んでもらった服を着て鏡に映った卓也は、確かに今までとは別人のようになっていた。いつも寝癖《ねぐせ》がついていた髪は、その柔《やわ》らかさを活かすように軽く梳《す》かれて手櫛《てぐし》で整えられ、外国の子供のような可愛らしさを出していた。そして換《か》えられた銀フレームの眼鏡は顔をすっきりと見せ、軽くかきあげられた前髪《まえがみ》とともに明るい印象を演出している。さらに、洗練された趣味《しゅみ》の良い格好。

慣れないせいでややぎこちなさは残っているものの、そこにいる卓也は、自分ではよくわからないが、確かに周囲が誉《ほ》めそやしてくれたように、〝知的で可愛らしい、育ちの良さそうな魅力的な男〟に見えなくもないような気がした。

それは予想以上の結果で、卓也は柄《がら》にもなく浮《う》き浮きする。しかしその一方で、無性《むしょう》に不安にもなる。鏡の中の自分は、大変身してしまったせいで見知らぬ他人のようにも思える。本当の自分が、どこかに消えてしまったように思える。

さらにアルベールの前に立つことを思うと、不安でたまらなくなった。

彼は、なんて言うだろうか。彼の傍《そば》にいても、釣《つ》り合いが取れる自分になっているだろうか。何て言われるだろう。気に入って、もらえるだろうか？

そう考えるとなかなか勇気が出せず、卓也は傍らに立っているファイサルを縋《すが》るように見上げてしまった。すると彼は、仕方が無いなとでもいうように苦笑《くしょう》し、卓也の代わりにドアを叩いてくれる。

その瞬間、がたんという音がした。そして一呼吸遅《おく》れてから、入室を許すアルベールの声が聞こえる。

それでも踏《ふ》み切れないでいると、ファイサルが軽く吹《ふ》き出し、卓也の肩《かた》を抱《だ》くようにしてドアを開けてくれた。その瞬間、視線の先で、アルベールが弾《はじ》かれたようにソファから立ち上がったのが見える。卓也は照れ臭さでつい、俯《うつむ》いてしまう。

するとと、ファイサルのからかうような声が落ちてくる。

『約束通り無事に送り届けてやったぞ。……どうだ？』

しかしアルベールの応えはなく、部屋の中を不自然な沈黙《ちんもく》が満たした。心臓が、息苦しくなるほど激しく脈打ち始めたのがわかる。

それでも応えはなにもなく、卓也はとうとう耐《た》え切れなくなって顔を上げた。

そのとたん、頭を殴《なぐ》られたような衝撃《しょうげき》を受ける。

少し離《はな》れたところに立ってこちらを見つめているアルベールが、あからさまに不愉快《ふゆかい》そうな表情をしていたからだ。

そんなに、おかしい、のか……？

卓也が愕然《がくぜん》とすると、アルベールはふと、我に返ったような表情をして視線を逸らした。

『……驚《おどろ》いた。見違えるようになった。いいんじゃないのか？』

一応の褒《ほ》め言葉にもどこか投げやりな響《ひび》きがあって、卓也は思わず泣き出しそうになる。

やっぱり、無理だったのだ。

自分は、アルベールや、彼の周囲にいる人々のように恵《めぐ》まれた容姿ではない。洗練された雰《ふん》囲気《いき》だって、洒脱《しゃだつ》な身のこなしだって、身につけていない。気品どころか、教養だってない。

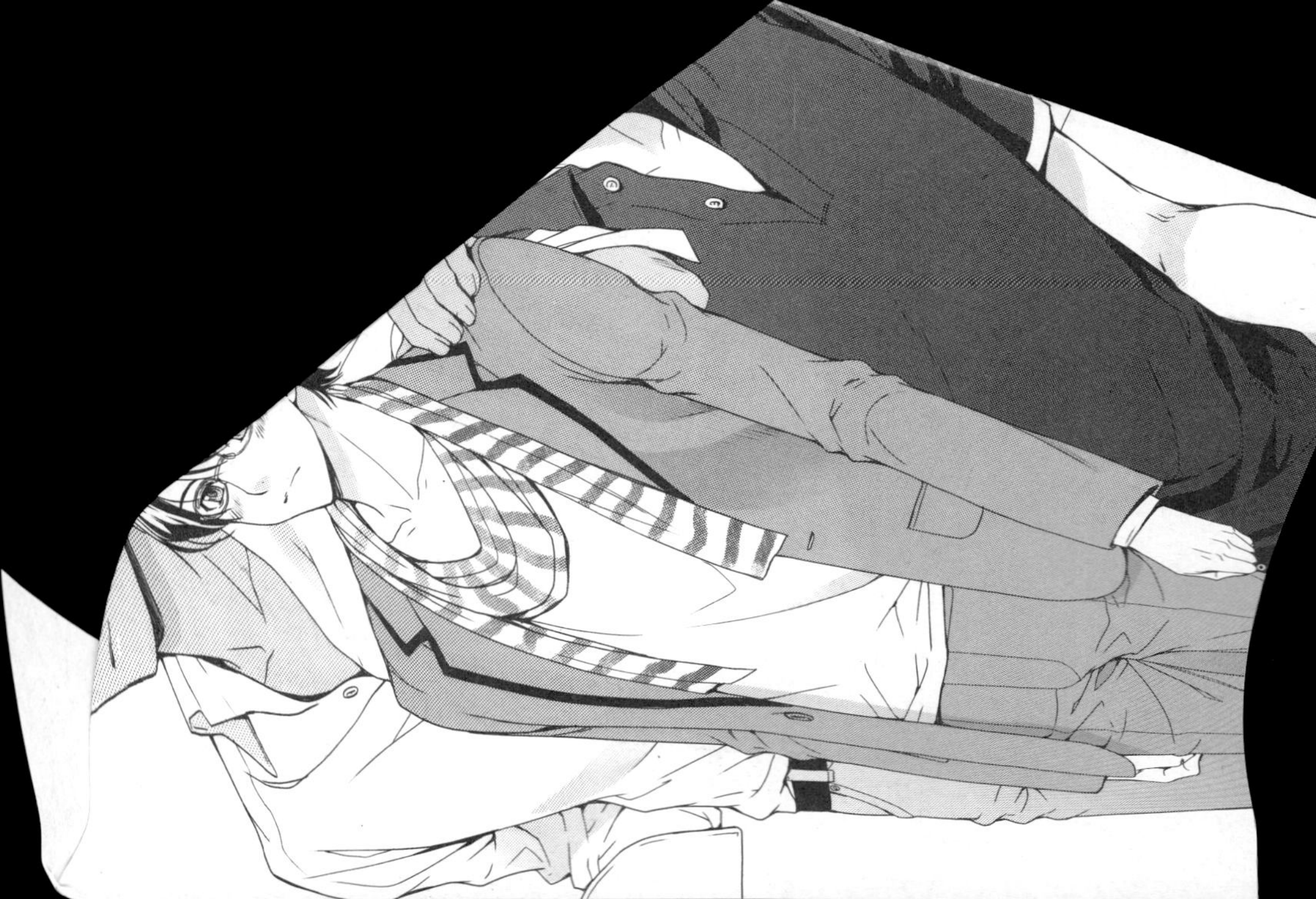

身に纏《まと》い、髪形《かみがた》だけを変えたところで、何だという
ものだ。滑稽《こっけい》なだけだ。いくらファイサルたち
気になって、喜んでいたのだろう。

唇を噛《か》みしめた。たかがこれだけ
た。

傍らでファイサルが苦

ってくる。

を覗《のぞ》かせた。

んとしてしまった。
ますます強く抱き寄せてくる。

『正直に言って、変身したお前は、かなり好みだ』

そう言うと、甘いような眼差しで卓也の瞳《ひとみ》を覗き込んでくる。漆黒《しっこく》の瞳に射貫《いぬ》くように見つめられて、卓也は思わず息を呑《の》んだ。いかにも野生の牡《おす》を思わせるような精悍《せいかん》な顔立ちと自信にあふれた眼差し。そこに男らしい甘さが滲《にじ》んで、思わず惹《ひ》き込まれてしまいそうになる。

『俺ならお前を、もっと輝《かがや》かせてやれる』

ファイサルはそう囁《ささや》くと、どこか煽《あお》るような表情をしてちらりとアルベールを見やった。

『それに、あんな不器用な奴《やつ》よりも、もっとお前を大切にしてやれる』

アルベールが……不器用？　どこが？

卓也がきょとんとしてファイサルを見つめ返すと、視線の先で彼がますます笑みを深めるのが見えた。

『身も心も蕩《とろ》けるように愛してやる。だから、俺を選べ』

それと同時に、ファイサルの眼差しに、狙《ねら》いを定めた肉食獣《にくしょくじゅう》のような、猛々《たけだけ》しいほどの色気が滲むのが見えた。黒い瞳が、星のように輝いているのがわかる。

一瞬《いっしゅん》その美しさに見惚《みと》れてしまうと、低く笑ったファイサルが当然のように顔を寄せてきた。とっさに拒《こば》もうとしたとたん、卓也はがくんと引っ張られる衝撃を感じる。そして混乱した次の瞬間、アルベールの腕の中にいた。

いつの間にか傍に来ていた彼に、腕を取られて抱き寄せられたのだ。

まるでファイサルから護《まも》るかのように、アルベールは卓也を背後に隠《かく》そうとする。

卓也はそんな彼の反応に驚いたのだが、ファイサルはまるで予想していたかのように、にやりと唇の端を上げた。

『だから、はじめから正直に言えばいいんだ。柄にもなく純情な表情、見せやがって……』

ファイサルは悪戯《いたずら》の成功を喜ぶような表情をすると、からかうようにアルベールを見やった。

『今回は悪趣味《あくしゅみ》な冗談《じょうだん》ってことにしてやるが、あまりちんたらやってると、攫《さら》わせてもらうぞ』

え、何……冗談……だよな？

あまりの内容に卓也まで驚いてしまい、目をぱちくりとさせていると、ファイサルは小さく苦笑するような表情だけを見せて、去って行った。

よくわからなかったけど……とりあえずは、一段落ってことだよな？

卓也がそう息をついたとたん、二の腕《うで》を強い力で掴《つか》まれる。

『痛っ……え、何……!?』

思わず声を漏らして抗《あらが》おうとしたけれど、有無《うむ》を言わさないほどの力で引き摺《ず》られ、突《つ》き飛ばすようにしてベッドに押し倒《たお》された。

起き上がる間もなくそのまま馬乗りにされ、ぐしゃぐしゃと髪《かみ》の毛を台無しにされる。

『ぅわ、ちょっ……』

卓也が反射的に頭をかばおうとすると、その手を払《はら》うようにして、服を脱《ぬ》がされた。ジャケ

そんな輩《やから》が突然《とつぜん》、分不相応な高価な服を身に纏《まと》い、髪形《かみがた》だけを変えたところで、何だというのだ。サルがヒトの服を着て喜んでいるようなものだ。滑稽《こっけい》なだけだ。いくらファイサルたちが気を遣《つか》って褒めてくれたからといって、何をいい気になって、喜んでいたのだろう。

恥《は》ずかしい。

絶望に近い気持ちに押し潰《つぶ》されそうになりながら、卓也は唇を嚙《か》みしめた。たかがこれだけのことで情けないと思ったけれど、うまく制御《せいぎょ》ができなかったのだ。

それでもなんとか泣くことだけは堪《こら》え、卓也が小さく肩を落とすと、傍らでファイサルが苦笑するような呆《あき》れたような笑《え》みを漏《も》らすのが聞こえた。

『……おい、アルベール、お前の感想はそれだけか？』

彼の問いかけに、アルベールは苛立《いらだ》たしそうな強い眼差《まなざ》しを送ってくる。

『それだけで悪いか？　どうせお前の趣味なんだろうが』

するとファイサルは、怒《おこ》るどころかにやりと唇《くちびる》の端《はし》に笑みを覗《のぞ》かせた。

『ああ、まあな。不満だというなら、俺がもらうぞ』

『なっ……』

「ええ!?」

突然の宣言に、アルベールだけでなく、卓也もぽかんとしてしまった。

しかしファイサルは、平然として卓也の肩をますます強く抱き寄せてくる。

ットの前を引き千切るように手荒《てあら》く開けて、卓也を転がし、乱暴に引き剝《は》がす。

『やっ……アルベール、痛いっ……!!』

思わず卓也が悲鳴のような声を上げると、アルベールの手がびくりと止まった。

そしてようやく我に返ったように、深い吐息《といき》を漏らすのが聞こえる。

卓也が震《ふる》えるように息をつくと、アルベールがゆっくりと覆《おお》いかぶさるようにして、抱き締《し》めてきた。耳元にひやりと鼻先をつけ、赦《ゆる》しを乞《こ》うように低く囁く。

『悪い……頭に、血が上りすぎた』

そう謝ると、アルベールは上半身を起こし、卓也のことも引き起こしてくれた。

卓也はベッドの上で乱れた服を整えながら、泣き出しそうな自分を必死で抑《おさ》える。

今の出来事で、はっきりと思い知らされた気がしたからだ。

やはり自分は、アルベールに好かれてなんかいない。

何が気に入らなかったのかは知らないが、不愉快なことがあれば、言葉をかけることなく、力ずくでめちゃめちゃにしていいと思われているような相手なのだ。

卓也の脳裏《のうり》には、かつてカクテルを零《こぼ》してしまった女性に対するアルベールの誠実で優《やさ》しい姿や、パーティの最中、周囲の人々と歓談《かんだん》する彼の柔《やわ》らかな笑顔が浮《う》かぶ。

見ず知らずの相手にも、あれだけ優しい王子様だというのに。

そう思ったとたんに、絶望に塗《ぬ》りつぶされたような気持ちになった。馬鹿《ばか》にされて口惜《くや》しいわけではない。乱暴にされて、悲しいわけでもない。

自分には、そうしてもらえるだけの価値もないのだ。

ただ、物珍《ものめずら》しいと興味を持たれただけのことだ。彼らとは、世界が違《ちが》いすぎるから。

こんな遠いところまで連れてきてもらったけれど、そう思うのは自分が平凡《へいぼん》だからであって、アルベールにとってはきっと、たいした意味などなかったのだ。

そう感じたとたんに、長い夢から醒《さ》めたような気がした。

美しく豪奢《ごうしゃ》な夢に魅《み》せられ、いい気になっていた自分が恥ずかしい。

彼らと釣《つ》り合うようになりたい？　なんなんだ、それは。

浮かれて思い上がるのもいい加減にしろ。みっともない。

一刻も早く、逃《に》げ出したかった。そしてそのまま、消え去ってしまいたい。

そう思うと堪えきれなくなって、卓也は衝動《しょうどう》的に口を開いた。

『……もう、帰る』

『え？』

アルベールの驚いた声に、絶望が、一瞬にして激昂《げっこう》に変わるのがわかる。

自分には、逃げ出す権利がないというのか？　乱暴にされて、腹を立てる権利すらないのか！

今までに経験がないほど、頭に血が上っていくのを感じる。

『もう、無理だ！　こんな旅行、続けたくない！　僕はもう、日本に帰る!!』

感情の赴《おもむ》くままに怒鳴《どな》りつけてから、卓也は突然、はっとする。いわゆる子供でなくなってから、こんな大声など、誰《だれ》に対してもぶつけたことがなかったからだ。戸惑《とまど》いながらアルベールを見ると、彼も驚いたような顔をしていた。

しかし次の瞬間《しゅんかん》、何事かを呑み下《くだ》したような苦々しげな表情を見せただけで、すぐにいつもの彼に戻《もど》る。

『……わかった、すぐに帰りのチケットを用意する』

そんな態度にも自分の未熟さが際立《きわだ》つように感じて、卓也は黙《だま》ったままベッドから飛び出す。このまま逃げ出してしまえば、これ以上は関係が続くはずがない。アルベールが住んでいるのは外国だし、いくら自由奔放《ほんぽう》にしているとはいえ、王室の一員なのだ。

それにそもそも、こんな形で終わってしまえば、アルベールの方だって、二度と自分に会いたいなどと思うわけがない。

卓也は奥歯を噛《か》みしめるようにしながら、その後は何を言われても全《すべ》てを閉《と》ざして、帰りの飛行機に乗ったのであった。

卓也の読みは外れることなく、日本に戻ったとたん、これまでの生活が戻ってきた。

とはいえ、正確に言えば、まったく元通りというわけではない。

アルベールからの国際電話が何度もかかってきていたからだ。

それも卓也の暇《ひま》そうな時間を見計らったようにかかってくる。時差のある彼の国からであれば、かなり無理してかけていることになる。

それはわかっていたけれど、すべて無視した。

初めのうちは出ようかと迷ったこともあったけれど、その度《たび》にあの、整えた髪をぐしゃぐしゃにされ、乱暴に服を脱がされたときの記憶《きおく》が蘇《よみがえ》ったのだ。

そうして数ヶ月が経《た》つと、さすがに電話も途絶《とだ》えるようになった。

ただ朝起きて大学に行き、修士課程用の講義や教授の手伝いなどがなければ、学生室に顔を出すという、これまでの日々が完璧《かんぺき》に戻ってきた。

これで、いいんだ。

なぜか自分に何度も言い聞かせてしまいながら、卓也は再び日々を過ごし始めた。

「おはよう」

この日も学生室のドアを開けるなり挨拶《あいさつ》をしたが、まだほとんど人影《ひとかげ》はない。

学生室とは、卓也が所属する地球惑星《わくせい》科学専攻《せんこう》の大学四年生および院生のための部屋のことだ。どんな研究室であっても、ここに自分の机をもらうことになるから、学生のたまり場になっている。たいていの学生が、朝はここに登校してきて荷物を置き、それぞれの場所にでかけていくのが通例である。生真面目《きまじめ》な卓也は毎日朝早くから来ているが、大部分の学生は朝は弱い。

それでも今朝は同期の吉武《よしたけ》がいて、大雑把《おおざっぱ》に片手を上げて見せた。

「うーっす」

「……珍《めずら》しい。ずいぶん早いな」

卓也が目を丸くすると、吉武はぶ厚い専門書に目を落としたままで肩《かた》を竦《すく》める。

「今日、発表なんだよ。準備がちょっとでも甘いと、先輩《せんぱい》たちからすげぇ突《つ》っ込まれるからさ」

卓也たちは院生といっても一年目だから、この時期はまだ、自分が手がけることになる研究に向けて準備する段階だ。研究テーマの背景を知るため、時間数こそ少ないが講義だってあるし、ゼミでも知識を深めるための内容が多い。そしてそれは発表形式を取られているのだ。与《あた》えられたテーマに沿って各自が勉強をしてから集まり、発表された内容を叩《たた》き台にして、さらにそれを深める。特にその際には、博士課程の先輩までもが参加するから、いくら院生とはいえ、いいサンドバッグにされてしまうわけである。

「それは、大変だな」

卓也が苦笑《くしょう》すると、吉武はその通りと言うように唸《うな》り声を上げたが、ふと思い出したように顔を上げた。

「そういえばお前、もう研究発表会のテーマ決めたってほんとか？　系外惑星にするって？」

研究発表会というのは、年末にある学内の発表会のことだ。すでに自分の研究を持っている教授や先輩たちがその進捗《しんちょく》状況《じょうきょう》を周囲に知らせるためのものだが、卓也たちも仮テーマを決めて発表しなくてはいけないのである。それが即《そく》、修士課程のテーマとなるわけではないが、やはりその延長で考えるものが多いし、この時の経験を基《もと》に翌年の方向性を考えるのだと思えば、手は抜《ぬ》けない。

「いや、まだ……」

卓也がわずかに口ごもると、吉武は意外そうに目を瞠《みは》った。

「なんだ、てっきりそうだと思ったのに。お前、学部生の頃《ころ》から惑星好きだって騒《さわ》いでたし」

……何と迷ってるんだ？」

「ああ……ちょっと、太陽もいいかなって。うちの研究室だと太陽系形成とか理論の方になっちゃうけど、やっぱり、改めて綺麗《きれい》だって思ったし」

「へえ……」

一応口ではそう言ったけれど、吉武は、まだ納得《なっとく》がいかないとでもいうように卓也を見やった。冗談《じょうだん》に紛《まぎ》らわせるようにして片方の眉《まゆ》を上げる。

「なあ、休みの間、何かあったんだろ。すごい変身もしてきたしさ」

「そんな……別に、何もないよ」

変えてしまった外見は、我に返ってみれば恥《は》ずかしい。だから、いつもの格好といつもの黒縁《くろぶち》眼鏡に戻した。しかし、プロに切られた髪《かみ》の毛や整えられた眉のあたりなどは隠《かく》しきれず、それだけでも結構な噂《うわさ》になってしまったのである。

——実は、本物の王子様とバカンスに行ってさ。なんとあの、ウッダラ太陽観測所にも入ることができたんだよ。それで色々と刺激《しげき》を受けて、ちょっとだけ、変わったんだ。

いっそのこと、そうやって全てを簡単にしてしまいたかった。しかしその話をする際にアルベールのことを思い出してしまうとなると躊躇《ためら》われたし、彼のことや、過ごした日々について突っ込まれるかもしれないと思うと、話す気にはなれなかった。

卓也はなんだか自棄《やけ》になったような気持ちで、アパートから持ってきた専門書をどさりと置く。ぶ厚い洋書だったが、これくらいのもの、以前であれば一日で読破していた。何しろ、大好きな天体関係のことが書いてあるのだ。わくわくして、ページを捲《めく》る手が止まらない。

しかし、最近は駄目《だめ》なのだ。読もうと思って開くたびに、集中できない。ぎっしり並んだ英語のせいか、一緒《いっしょ》に太陽の観測所に行ってしまった記憶のせいか、なぜか、アルベールのことを思い出してしまうのだ。

挙げ句、アルベールと抱《だ》き合ってしまったときのことや、熱っぽく囁《ささや》かれた彼の声なんかを反芻《はんすう》してしまっている自分がいる。

いや、いやいやいやいや……！

卓也はまたしても当時を思い出しつつある自分に気付き、慌《あわ》てて頭を振《ふ》って追い払《はら》った。なんだか旅行から帰ってきて以来、奇行《きこう》が増えている気がする。

相手が目の前にいなければ、すぐに忘れてしまえると思っていた。気持ちだって、楽になるものだと思っていた。

だって、もうどうしようもないのだ。

これがかつて付き合っていたというのであれば、もしかしたら、無理やり相手に縋《すが》り付いて、もう一度愛を乞《こ》うこともできたかもしれない。

しかし、自分とアルベールは、そんな関係ではなかった。

それどころか、相手にとって自分は、優《やさ》しくする価値もないほど、どうでもいい相手だったのだ。縋りつく、権利すらない。

それに、自分にだって相手を想《おも》う気持ちなんてないはずなのだ。

ただ初めての相手だから、妙《みょう》に引き摺《ず》られているだけなのだ。

自分に気持ちがない相手など、早く忘れた方がいい。忘れられるはずだ。

卓也は頑《かたく》なにそう考えていたのだが、そうやって忘れようとすればするほど、日々の精彩《せいさい》が失われていくように感じるのが、不思議だった。

自分なりに、あれほど充実《じゅうじつ》していると思っていた毎日が、平坦《へいたん》になっていく。

大好きな天体に関しての本を読んだり、考え事をしていても、そうなのだ。

いつしか気がつくと、ぼんやりしている。

アルベールのことを考えているわけではない。

なんだかからだ中の燃料が尽《つ》きてしまったかのようで、動けないのだ。

辛《つら》いとか、切ないとか、悲しいとか、そういう気持ちが起こるわけではない。

それすらもなく、ただひたすら毎日が繰《く》り返され、過ぎていくだけだ。

こんな、恋《こい》でもないはずの想いが打ち消せないなんて。

天体に対する情熱まで、失ってしまうなんて。

自分には、これしかないのに……。

他《ほか》に夢中になれる趣味《しゅみ》があるわけでもない。日々の無聊《ぶりょう》を慰《なぐさ》めてくれる恋人《こいびと》がいるわけでもない。とりえがあるわけでもない。平々凡々《ぼんぼん》、平坦過ぎる毎日に、わずかでも彩《いろど》りを与えてくれるのは、これだけだったのに。

そう思うと泣き出したいような気持ちになってしまい、卓也は慌てて立ち上がった。

そのとき、部屋のドアがノックされる。

「……はい」

学生室のドアが礼儀《れいぎ》正しくノックされるなど、聞いたことがない。卓也は珍しく思いつつも応《こた》えたが、入ってきた人影を認めるなり、ますます目を見開くことになった。

『……久しぶりだな』

戸口で小さく微笑《ほほえ》みかけてきたのは、なんとアルベールだったからだ。いつぞやここを訪《おとず》れたときと同じく、ラフな姿ではあるが、やはり洗練された格好をしている。

『なっ……』

とっさにどうすればいいのかわからず、卓也はぱくぱくと口を動かした。背後にいた吉武の驚《おどろ》いたような声で、ようやく我に返る。次の瞬間《しゅんかん》、なぜか無性《むしょう》に恥ずかしくなる。

「誰《だれ》……？」

「あー……ちょっと」

卓也はぎこちなく答えると、アルベールの脇《わき》をすり抜けるようにして部屋から飛び出した。

『おい……卓也？』

驚いたような声とともに、追いかけてくるアルベールの足音が聞こえる。卓也は旧校舎の北階段を駆《か》け下りながら、早口で声を張り上げた。ここなら、昼間でも薄暗《うすぐら》くて使いづらいとみんなに不評の場所だから、気兼《きが》ねなく大声が出せる。

『図書館に、用があるから……！　今日は忙《いそが》しいし、また今度』

『ちょっと待て、今度って……ようやく、公務にかこつけてまで休みを取ったんだぞ！　少しだけでいいから、聞いてくれ……！』

そう言いざまに強い力で二の腕《うで》を掴《つか》まれてしまい、卓也は足を止めざるを得なくなった。嫌《いや》なはずだが、なぜかどこかでほっとしている。

そんな自分に戸惑《とまど》いながらも卓也が振り返ると、見上げた先には、今まで見たことがないほど、怖《こわ》い顔をしたアルベールが立っていた。ゆっくりと同じ高さまで降りてくる。

『確かに連絡《れんらく》せずに突然《とつぜん》来てしまったし、忙しいのは仕方がないが……だが、一度も電話に出てくれなかったのはそっちだろう』

痛いところを突かれて、卓也は思わず俯《うつむ》いた。すると、彼がため息をついたのが聞こえる。

『顔を見たとたんに逃《に》げ出すなんて、そこまで俺のことが嫌《きら》いなのか?』

『違《ちが》っ……』

嫌いなわけじゃない。でも……。

つい反射的に答えてしまって、卓也は慌てて唇《くちびる》を嚙《か》みしめた。

自分は、何を言っているんだ。自分で自分がわからない。

しかしアルベールは、ほっとしたように瞳《ひとみ》を眇《すが》めている。

『そうか……それなら、今すぐ時間を作ってくれなくてもいい。今夜はどうだ? 二日後には帰国しないといけないが、それまでに一度、ゆっくり話をさせて欲しい』

『話って、何だよ』

思わず荒《あ》れた口調になってしまいながら卓也がそう問い詰《つ》めると、アルベールは少し驚き、強張《こわば》ったような顔をした。

『別れ際《ぎわ》に妙なことをしてしまったし……色々と、聞いてもらいたいことがあるんだ』

『もう、いいよ』

なぜかそれ以上は聞いていることが辛くて、卓也はアルベールの言葉を遮《さえぎ》るように呟《つぶや》いた。

驚いた表情をした彼から視線を外して、ゆっくりと自分を摑む手を外す。

『別に、あのときのことは怒《おこ》ってなんかいないから』

そこで終わらせるつもりだったのに、つい言葉が口から飛び出す。

『ちょっと辛かったけど……僕みたいな人間にでも、もう少し、優しくして欲しかった』

『……卓也』

何を言ってるんだ。

なぜか苦しそうなアルベールの声と同時に、頭の隅《すみ》で、もう一人の自分があきれたように言っているのがわかる。

こんなこと、恋人でもないのに言う権利などない。

いや、恋人だったとしても、言いたくない。格好悪いし、馬鹿《ばか》みたいだ。

でも、止められない。

あまりに自分が情けなくなって、卓也が内心でぎゅっと目を瞑《つぶ》ったとき、アルベールがもう一度、卓也の肩《かた》に触《ふ》れようとしたのがわかった。

ふわりと、彼の香《かお》りが漂《ただよ》う。嗅《か》ぎ慣れた、あのときの香りだ。

『……っ、嫌だ!!』

彼の香りで一気に頭に血が上ったような感覚があり、卓也は反射的にアルベールを突き飛ばした。バランスを崩《くず》した彼を、興奮のあまり泣き出しそうになりながら、睨《にら》みつける。

『もう、放っといてくれないか！　こういうのこそが、迷惑《めいわく》だ！　こんな、こんな……』

頭に血が上りすぎたせいか、これまで他人に激した気持ちをぶつけることなどなかったせいか、うまく言葉が思いつけない。

卓也はそんな自分に焦《じ》れ、子供のように地団駄《じだんだ》を踏《ふ》みたくなった。しかし次の瞬間、そんな自分が心底情けなくもなって、どうしていいかわからなくなる。

卓也は衝動《しょうどう》的に、身を翻《ひるがえ》してこの場から逃げ出そうとした。

そのとたんに再び腕を摑まれ、揉《も》み合うような格好になる。

『卓也、待ってくれ！　お願いだから、もう少し落ち着いて話を……』

『嫌だ!!』

暴れるように力いっぱい突《つ》き飛ばしてしまい、アルベールが壁《かべ》にぶつかったのが見えた。

突き飛ばされたのもさることながら、彼が、驚いたような表情をしているのがわかる。

卓也は一瞬《いっしゅん》うろたえたけれど、結局は手を差し出すこともせずに、黙《だま》ったまま身を翻した。

これで、いいんだ。

これで、よかったんだ。

もっと前から、こうしておけばよかったんだ。

自分にそう言い聞かせながら、卓也は一気に階段を駆け下りていった。

多少荒療治《あらりようじ》的なやり方ではあったが、これで、ようやくすっきりできると思っていた。

あの後、当然ながらアルベールが追いかけてくることはなかった。学生室には戻《もど》らなかったが、早く家に帰りたいような、でも帰りたくないような、今まで味わったこともないおかしな気持ちになる。原因はわかっていた。情けないことだけれど、アルベールがアパートにまで来てくれているような気がしたのだ。

ほとほと自分に愛想《あいそ》が尽《つ》きたような気がしたけれど、結局はただひたすら歩き続けて、夜中近くにアパートに戻った。幸いなことに、鍵《かぎ》はジーンズのポケットに入れていたからだ。

生ぬるい夜の中、なぜか目の前の光景を緩《ゆる》ませるような、安っぽいアパートの通路の灯《あか》りが妙《みょう》に切なかった。卓也の部屋の前にのびている、橙色《だいだいいろ》に照らされた無人の廊下《ろうか》に、現実を思い知らされたような気がする。もちろん、アルベールの姿などあるはずがない。

何をやってるんだ、僕は……。

ぼんやりとその光景を見つめているうちに、なんだかひどく滑稽《こっけい》に感じて、卓也は力の無い笑いを零《こぼ》した。

その瞬間、ある想《おも》いがようやく形になる。

……ああ、自分は、アルベールのことが好きだったんだ。

ぽつりと浮《う》かんだその想いを認めたとたんに、泣き出したくなる。

自分で、終わらせたんじゃないか。

相手とはあまりにも世界が違う、だから彼の眼中にすら入れないのだと辛《つら》くなって、自棄《やけ》になって逃げ出した。

でも、それでも、好きだといえばよかった。

たとえ相手に気持ちがなくても……自分のために、伝えればよかった。

そうすれば、もっとさっぱりできたのかもしれない。

自分は惨《みじ》めだ。

今でもまだ、なぜここに彼がいないのかなんて、考えている。

そんな気持ちは翌日になっても消えることがなく、前よりひどくなったような気がした。

気がつくと彼のことを考えている自分がいる。

もはや日本にいるわけなどないとわかっているはずなのに、ふと我に返ると、彼の姿を探している自分がいる。

馬鹿みたいだ……。

卓也は深くため息をつく。

自分で望んで、こうしたはずだ。

これ以上心を乱されるのに耐《た》え切れなくて、アルベールを拒《こば》み、突き飛ばした。

あんなに暴力的なことをするのも、心の内を吐《は》き出すのも……幼いときならいざ知らず、長じてからは全く、経験がない。

しかし、そこまでのことをしたというのに、状況《じょうきょう》は好転していないのだ。

それどころか、もの狂《ぐる》おしい気持ちは昂《こう》じるばかりで、吐き出しようがない。

勉強も遅々《ちち》として進まず……下手《へた》をしたら、以前より思い出してしまって手につかない。ふと気を緩めると、胸の奥をひっかかれるように感じて、呻《うめ》いてしまう。

どうすればいいんだ……。

卓也はため息をついて、テーブルの上に突っ伏《ぷ》した。

専門書の上に頰《ほお》を載《の》せるようにしていると、自分の狭《せま》いアパートが見渡《みわた》せる。

ごく普通《ふつう》の1Kだ。玄関《げんかん》から部屋の間に小さなキッチンがあって、その反対側に風呂《ふろ》とトイレがついている。部屋の中には、通販《つうはん》で買った安いベッドと、勉強机兼食卓《けんしょくたく》にしているこのローテーブルがある。今もそうしているように、ベッドを背もたれにしてテーブルとの間に挟《はさ》まるように座るのが、定位置だ。

その他《ほか》には一応、実家から持ってきた年代物のデスクトップ・コンピュータがあったが、大学のパソコンが使えて間に合っているため、普段は部屋の隅に忘れ去られていた。テレビも実家でいらなくなった小さなものを持たされていたが、別に興味があるわけでもないから、ほとんどつけることはない。オーディオもラジオもなく、代わりにぎっしりと本が積み重ねられていた。そのほとんどが天体に関する専門書や専門雑誌で、色気も何もない。

これが、僕の現実だっていうのにな……。

目の前の光景からは、アルベールと過ごした時間など、想像もできない。

マハラジャの宮殿《きゅうでん》ホテルも、そこから眺《なが》めた壮大《そうだい》な夕焼けも、星空も、何もかも。

すべてが遥《はる》か遠い夢のように思えた。

……全部が、妄想《もうそう》だったらどうしよう。

アルベールと出会ったことはともかくとして、彼と一緒《いっしょ》にバカンスに行ったことも、何度も激しく愛されたことも、太陽観測所に行ったことも、何もかもが、妄想だったとしたら。

さすがにそんなことはないだろうとわかってはいたが、あまりにもこれまでの人生とは違《ちが》って信じられないようなことばかりだったので、すっかり現実感を失ってしまったのだ。

でも、その方が楽になれるのかも……。

そこまで考えてようやく自分の病《や》み具合に気付き、卓也は深々とため息をついた。

そのとき、突然《とつぜん》、携帯《けいたい》電話が鳴り響《ひび》く。

「うわっ……!!」

あまり日常ではない出来事に思わずびっくりしてしまい、卓也は慌《あわ》てて跳《は》ね起きる。そして急いでバッグのどこかに紛《まぎ》れてしまっていた携帯電話を探し出し、通話ボタンを押した。

「もっ……もしもし」

『相変わらず出るの遅《おせ》ぇなあ。また携帯見当たらなかったんだろ』

「なんだ……雅俊か」

聞き慣れたその声にほっとして息をつくと、電話の向こうで親友が笑うのが聞こえた。

『なんだ、って、ひどくねぇか？　まあいいけどさ。お前、来月の第二週目の日曜、暇《ひま》？』

「第二週の日曜って……十四日か？」

『そうそう。俺の家でバーベキューでもしようって話になってさ。一応、結婚式《けっこんしき》も無事済んだし、来てくれた御礼《おれい》も兼《か》ねて、新居にご招待ってやつ。まあそんなに広い家でもないから、何回かに分けて友達呼ぶつもりなんだけど、お前がよければ十四日に来てくれないかなと思って。俺のハーバード時代の奴《やつ》らが来るんだけど、ファイサルがお前も呼べって煩《うるさ》くてさ』

「え……」

『いや、結衣子の友達の都合もあって、その日はその人たちが来るから、お前も知ってる大学時代の友達はやっぱり呼べないんだけど、お前さえよければ何回来てもらっても、俺たちは全然構わないからさ』

「いや、でも」

ハーバード時代の友人でファイサルが来るってことは、アルベールも来るってことだよな？

思わず動揺《どうよう》して口ごもると、それをどう取ったのか、雅俊は呑気《のんき》そうな口調で続ける。

『披露宴《ひろうえん》の席次を考えるとき、お前なら大丈夫《だいじょうぶ》だろうって思ってたけどさ、まさかそこまであいつらと仲良くなるとは思ってなかったよ』

「えっ……」

どこまで知られているのだろうと、卓也はぎくりとからだを強張《こわば》らせる。

しかし雅俊はなんのこだわりもなさそうな口調で、いつものように豪快《ごうかい》に笑った。

『特にアルベールと気が合って、あいつのバカンスにまで付き合わされたんだって？　あいつも気に入った相手には、とことん心を開くからなあ』

「そっ、それ……誰《だれ》に聞いたんだ？」

おそるおそるたずねると、雅俊はあっけらかんとした声音《こわね》で教えてくれた。

『ん？　ファイサルだよ。光耀の宮殿ホテルのパーティに招かれたときに偶然《ぐうぜん》お前らと会って、面白《おもしろ》かったと笑ってた。何が面白かったのかは教えてくれなかったけどな』

そう言うと雅俊は、子供が仲間はずれにされたのを拗《す》ねるような口調になって苦笑《くしょう》する。

『お前も行くと聞いてたら、俺らも顔を出せば良かったよ。一応招待はされてたんだけど、ちょうどハネムーンとかち合うからって、断ったんだ』

「ああ……なるほど」

聞きたいと思うことがあるのに切り出せなくて、卓也は流されるまま相槌《あいづち》を打った。すると、雅俊はふとその雰囲気《ふんいき》を察したように、尋《たず》ねてくる。

『何だ？』

「えっ⁉　いや、あの……他に、誰が来るのかなって。あの、だからファイサルの他に」

卓也がそうぎこちなく返すと、雅俊は少し考えるような間を置いた。

『ファイサルの他にか？　あとは、カルロスと、ラージールと……光耀は来られないって言ってたな。まあ卒業してからはあいつらの予定が合う方が珍《めずら》しいんだけど。カルロスはちょうど日本に来る用事があるらしくて、ラージールはなんだか日本が気に入ったとかで、あれからちょくちょく来ているらしい』

「……アルベールは？」

我慢《がまん》しきれず卓也が尋ねてしまうと、雅俊はぷっと小さく吹《ふ》き出した。

『お前ら、本当に仲良くなったんだなー。あいつも同じことを聞いてたぞ』

「えっ……なっ……なんて答えた？」

卓也が思わず聞き返すと、雅俊は少し意外そうな声を出した。

『いや、そのときはまだお前に話してなかったから……わからないって言っておいた』

「そうしたら、なんて？」

『なんだったっけな……詳《くわ》しい言葉は忘れたけど、考えとくって言われた。予定が合うかどうかわからんからって』

「……そっか……」

それだけで力を使い果たしたような気分になって、卓也はずるずるとその場にへたり込んだ。

雅俊はさらに他の参加者のことも話していたが、そんなことなど、全く頭に入らない。

それはやっぱり、避《さ》けられるよな。あれだけのことしたら……。

卓也はそのままぐったりと寝転《ねころ》び、丸くなってしまいながら、受話器の向こうに気付かれないようため息をつく。すると、いつの間にか話し終えていたらしい雅俊に名前を呼ばれた。

「えっ……何？」

『何じゃないだろ。今のところの参加者はこんな感じだけど、お前はどうするんだよ。出席でいいのか？』

「いやっ、えーっと……やっぱり……その……欠席で」

『なんだよ、それ！　その迷いぶりだと別に用事なんかないんだろ？』

「いや……そういうわけじゃないんだけど、でも……知らない人の方が多いしさ」

慌てながら卓也が言い訳をすると、長年の付き合いで性格を熟知している友人は、深いため息をついた。

『相変わらずの人見知りか……でも、気が向いたら来いよ。何時からだっていいから』

「あー、じゃ、気が向いたら……ごめんな」

生返事を返しつつも最後に謝ると、電話の向こうで雅俊が苦笑した気配がした。

『言うほど気にしてねぇよ。大学のときの奴らも呼ぶ予定だから、そのうちな』

「ああ」

電話を切ると、とたんに部屋がしんとしたような気がした。

アルベールが来る、来ないにかかわらず、行きたくない。万が一でも顔を合わせてしまう可能性があるのなら、絶対に、嫌《いや》だ。

それは心からの気持ちのはずなのに、どこかでふと、惜《お》しんでいるような気もした。

あー…もう……。

卓也はそんな自分が嫌になり、ベッドに転がったのだった。


しかし、自ら一度、アルベールとは会わないという決断をしたせいか、気持ちは徐々《じょじょ》に平常心に近づいているような気がした。

雅俊の家に彼らが集まるという第二日曜日になっても、特に気持ちが乱れることはない。

そうはいっても相変わらず日曜日に入る予定などなく、卓也はアパートの部屋の床《ゆか》に寝転がったまま、本を読んでは、時折空を見上げていた。

のんびりとした休日の昼下がり、開け放してある窓の向こうには高く澄《す》んだ青空が見えて、時折吹き込んでくる爽《さわ》やかな風が心地《ここち》良い。

ああ、綺麗《きれい》だな……。

腹の上にぶ厚い専門書を広げたまま、卓也はぼんやりと見たままのことを頭に浮《う》かべる。

客観的に考えれば、今の自分はアホみたいだ。こんなに天気のいい日曜日だというのに、ぼけっと空なんか眺《なが》めている。なんの予定もない。

しかし、それでもいいような気がした。

つまらなくてちっぽけな人生だけれど、それが、自分だ。

そうして頭を空っぽにしていたとき、ドンドンとドアが叩《たた》かれた。

何事かと跳《は》ね起きたとたんに、ドアが開く。さっきコンビニから帰ってきた際、鍵《かぎ》をかけ忘れていたらしい。

すると驚《おどろ》いたことに、姿を現したのはファイサルだった。相変わらず艶《つや》やかな褐色《かっしょく》の肌《はだ》に精悍《せいかん》な眼差《まなざ》しを輝《かがや》かせ、王者然とした雰囲気を漂《ただよ》わせている。

『久しぶりだな』

ファイサルはそう笑うと、被《かぶ》っていた頭布の裾《すそ》を軽く払《はら》った。今日の彼は伝統的なアラブ服を着ている。その上着は雅俊の披露宴のときほど豪奢《ごうしゃ》ではないが、オフホワイトの布地は襟元《えりもと》から袖《そで》、裾にかけて上質な金糸で縁取《ふちど》られていて、相変わらず彼の富貴《ふうき》さを示しているようだった。その腰元《こしもと》には、やはり高価そうな三日月形の長剣《ちょうけん》が挿《さ》し込まれている。

『な……んで、ここに⁉』

ファイサルが現れただけで、見慣れたアパートの玄関《げんかん》が異世界に変わったようで、卓也は口をぱくぱくとさせた。

しかし彼は平然と肩《かた》を竦《すく》めると、靴《くつ》を脱《ぬ》いで部屋の中に上がりこんでくる。その背後にはボディガードらしい人々がいたが、さすがに彼らは遠慮《えんりょ》したのか、ドアの向こうに姿を消した。

ファイサルは、部屋の中までやってくると、呆然《ぼうぜん》と起き上がっている卓也を見下ろして、笑いを噛《か》み殺すような表情を見せた。

『昨日から東京でエネルギー関連の国際会議が開かれているんだが、そのせいでうるさ型の親族たちがやってきていてな。仕方なく一族の昼食会とやらに出席せざるを得なくなった。雅俊のバーベキュー・パーティにも遅《おく》れてしまうので連絡《れんらく》を入れたら、お前が来ないと聞いてな。それで、迎《むか》えに来た』

『ええ⁉　別に……必要ないですよ。わざわざ来てくれたのに悪いけど』

卓也がそう言うと、ファイサルはおかしそうに唇《くちびる》の端《はし》を上げる。

『なぜだ。アルベールと喧嘩《けんか》でもしたか？』

『っ……喧嘩なんかしてません』

　思わず言葉に詰《つ》まりながらも反論すると、ファイサルはますます笑《え》みを深めて、卓也の二の腕《うで》を摑《つか》んだ。

『なるほど。では、行くぞ』

『やっ、ちょっ……待って！』

　卓也が慌《あわ》てて手を振《ふ》り払おうとすると、ファイサルはゆっくりと目を眇《すが》めた。握《にぎ》られた腕にさらに強い力がこもり、精悍な顔立ちに迫力《はくりょく》のある眼差しが重なる。彼の不遜《ふそん》とも思える強さが垣間見《かいまみ》える気がした。

『なぜだ？　見たところ、暇《ひま》そうにしている。予定などないのだろう？　その上アルベールと喧嘩したのでなければ、別に顔を合わせても構わないはずだ。服装だって、ごくカジュアルな友人の集まりなのだから、それで十分だろう』

　卓也は一瞬《いっしゅん》歯を喰《く》いしばると、やがて観念したように自由な方の片手を上げてみせた。

『……わかりました。喧嘩したんです。だから、会いたくない。だから、行かない』

　本当は喧嘩どころではなかったが、全《すべ》てを説明するわけにもいかない。

　卓也がその一言で済ませようとすると、ファイサルがゆっくりと唇の端を上げたのが見えた。

『なるほど。では、今度こそ正式にアプローチする機会を得たということかな』

『え？』

　話の展開についていけず、卓也が目を丸くすると、ファイサルは低い笑い声を漏《も》らした。卓也の顎《あご》を掬《すく》いあげるようにすると、ゆっくりと目を覗《のぞ》き込んでくる。

『以前言っただろうが。アルベールなどより、俺の方が、お前を大切にしてやれる。だから俺を選べ、と』

『なっ……』

漆黒《しっこく》の瞳《ひとみ》に射貫《いぬ》くように見つめられ、卓也は言葉を失った。まっすぐに見つめてくるファイサルの瞳は、まるで野生の獣《けもの》のように猛々《たけだけ》しく情熱的で、揺《ゆ》るぎがなかった。

その真摯《しんし》さに戸惑《とまど》い、卓也はわざと冗談《じょうだん》に紛《まぎ》らわせるようにして、ファイサルの手から顔を背《そむ》けようとする。

『かっ……からかわないでください』

しかしそれは果たせず、さらに強い力で顎を掴まれ、強引《ごういん》に目を合わせられてしまう。

『からかってなどいない』

ファイサルはそう断言すると、強い眼差しに熱っぽさを滲《にじ》ませた。漆黒の瞳が熱を帯びたことでますます深く、甘くなったように見える。

『初めはお前の自由な価値観に興味を持った。磨《みが》けば光る原石だというのに、自らの価値を全くわかっていない、可愛《かわい》らしいところにもな。そしてその後、相手のために自らを変えたいというけなげな一面を知って、ますます惹《ひ》かれた』

そこでファイサルはゆっくりと瞳に笑みを浮かべた。それは見るものを蕩《とろ》かすような魅力《みりょく》となったけれど、どこかに胸をつまされるような、切なげな光が宿っていた。

『だが、お前はいつもアルベールを見つめていたから……柄《がら》にもなく、協力者などという立場に甘んじてやっていたんだ。しかしもう済んだというのなら、今度こそ、俺のものになれ』

『な……何言ってんですか』

　男らしく精悍なファイサルの顔が、まるでキスでもするように近い。その状況《じょうきょう》に、どうしたらいいのか混乱しつつはあったけれど、卓也はなんとか口を開いた。

『なんでそんなふうに言ってくれるのか、わからないな……貴方《あなた》なら、もっと素晴《すば》らしい人が周りにいるでしょう。僕みたいな……つまらない人間じゃなくて』

　卓也の言葉を聞いたファイサルは、軽く目を瞠《みは》ったが、すぐに唇の端を上げるように笑った。

『なるほど……あいつは、お前に証明できなかったのか？　お前が、どんなに素晴らしいものを持っているか。そして自分が、どんなにそこを愛しているか』

　――どういう、意味だ？

　驚きのあまり一瞬《いっしゅん》抗《あらが》うのが遅れ、卓也はそのまま引き寄せられてしまった。慌てるあまりに、思いついたことをそのまま口にしてしまう。

『違《ちが》……違います。アルベールとは、そういう関係じゃなかったんです。なんていうか、遊びみたいなもので……ただ、僕が勝手に好きになったので、そういうところを見て、勘違《かんちが》いされたんだと思いますけど』

卓也がそう弁明すると、ファイサルはゆっくりと目を眇めた。

『勘違い？　ただの遊びで、あんな視線を送りあうのか？』

ファイサルの瞳がさらに細められ、少し苛立《いらだ》ったような眼差しになる。

『なるほど。では、こうすれば、お前は、俺をああいう眼差しで見つめてくれるんだな』

『え？』

意味がつかめず目を瞠った卓也の視界を奪《うば》うように、ファイサルの精悍な顔が近づけられた。

唇の上に、ゆっくりと、彼の唇が重ねられたのがわかる。

その瞬間、頭を殴《なぐ》られたような衝撃《しょうげき》を受けて、卓也は気が遠くなるように感じた。

そのままベッドに押し倒《たお》されて、ようやく我に返る。

卓也を組み敷《し》くように両手を摑んだファイサルが、射すくめるように瞳を眇めるのが見えた。

匂《にお》い立つような牡《おす》の魅力に、その気などないはずなのに、くらくらしてしまう。

『初めての褥《しとね》を我が手で飾《かざ》り立てられないのが惜《お》しいが……俺がどのくらいお前を愛しているか、証明してやる。それによって、くだらない過去の錯覚《さっかく》など消し去ってしまうがいい』

『やっ…ちょっ、待った!!』

再びくちづけられそうになって、卓也は必死で抗う。その間にじんわりと先ほどのショックが滲み出てきたようで、泣きそうになった。

『ちょっ……本当に、嫌《いや》なんだ!!』

涙交《なみだま》じりでそう叫《さけ》ぶと、ようやくファイサルが動きを止めてくれる。

そしてひとつため息をついてからだを起こすと、彼は卓也も引き起こしてくれた。

『……泣くほど嫌だとはな』

少し傷ついたような苦笑《くしょう》とともに眦《まなじり》を拭《ぬぐ》われて、その優《やさ》しさに、卓也は再び泣きそうになる。

『ごっ……ごめん。でも……』

『ああ、いい、いい』

ファイサルは卓也に配慮《はいりょ》したのか、からだに触《ふ》れないようにして背中に手を回すと、まるで子供をあやすようにぽんぽんと柔《やわ》らかく叩《たた》いてくれた。

『しかし、この俺様に対して、こんなやり方で振るなんて……我が国では懲罰《ちょうばつ》ものだぞ』

さらにそんなふうに冗談に紛らすようにしながら、ファイサルは卓也の気を引き立てるように顔を覗き込んでくる。その眼差《まなざ》しは、苦い何かを堪《こら》えるような、どこか切なげな色を湛《たた》えていたけれど、やがて愛《いと》おしいものを見つめるかのように、ゆっくりと和《やわ》らいだのがわかった。

とにかく申し訳なく思うけれど、でも、どうしようもできない。

やっぱり自分は、他《ほか》の誰《だれ》でもなく、アルベールのことが好きなのだ。

卓也が内心そんな想《おも》いを噛みしめていると、ファイサルは何かを思い切ったように静かに立ち上がり、どこかに母国語で電話をかけはじめた。

音楽のような美しい異国の言葉に驚《おどろ》いて卓也が顔を上げると、彼はいつぞやのときのようにこちらを見て、悪戯《いたずら》っぽく片目をつぶってみせてくれた。

いくつか確認《かくにん》らしきものをとると、ファイサルは卓也に身支度《みじたく》をするように告げる。

『俺が贈《おく》ったもの以外で、スーツか何かないのか？』

『あ…ないわけじゃない、けど……』

よく状況が掴《つか》めないまま、卓也が一枚しかない例の一張羅《いっちょうら》を取り出すと、ファイサルは仕方がないなと笑いを堪えるような表情をした。

『それでいいから、支度しろ』

『えっ、でも、どこに……？』

卓也が慌てて尋《たず》ね返すと、ファイサルは、やはり悪戯っぽいがどこか自嘲《じちょう》的な笑《え》みを零《こぼ》した。

『こうなったら、最後まで道化《どうけ》役を演じてやる。ほら、急げ！』


連れて行かれた先は、大きな美術館だった。都心にある閑静《かんせい》な住宅街、さらに大きな公園の中に佇《たたず》んでいるのが印象的なこの場所は、つい先日、なにやら有名な海外の美術館から作品が来たとかで、テレビのニュース番組で紹介《しょうかい》されていた気がする。

スターウォッチング
宇宙図鑑
天文観測図鑑
星空図鑑
空図鑑

今日はどうやら貸し切りらしく、建物の周囲を警備員らしき人々が取り囲んでいた。

しかしファイサルを乗せた黒塗《くろぬ》りの車が入っていくと、運転席の部下が二言三言話しただけですんなりと通される。

『ここ……何の会場なんですか？　まさか、美術館に絵を見に来たわけじゃないですよね？』

広い後部座席でファイサルと並んで座りながら、卓也は疑問で頭をいっぱいにして彼の方を見やった。すると彼は皮肉げな微笑《びしょう》を浮《う》かべて口を開く。

『詳《くわ》しくは知らないが、どこぞの王室に縁のある品々を集めた美術展が始まるため、今日はそのオープニング・パーティが開かれているんだそうだ。……しかし、こんな催《もよお》しのためにわざわざ来日しておいて欠席だなんて、迷いすぎて馬鹿《ばか》を晒《さら》すにもほどがある』

それって……。

最後は苛立たしげに、独り言のように呟《つぶや》いたファイサルの言葉を聞いて、卓也は思わずあたりを見やった。車から降りて建物の中を案内されながら進んでいると、あちこちに、美術展のためのポスターが貼《は》られている。そしてそこには、聞き覚えのある国名が記されている。

アルベールの、国だ。

『ファイサル、これ……』

卓也がそう言いかけたとき、パーティ会場の扉《とびら》が開かれた。

とたんに、人々の笑いさざめく声や優雅《ゆうが》な音楽、眩《まばゆ》いほどの照明の輝《かがや》きなどに包まれる。元は旧華族《かぞく》の邸宅《ていたく》だったというこの美術館の中でも、大広間が会場として使われているらしい。

高い天井《てんじょう》からは豪奢《ごうしゃ》なシャンデリアが下がり、その煌《きら》めきでいっそうの華《はな》やかさを添《そ》えていた。どうやら立食形式のパーティのようで、たくさんのご馳走《ちそう》や飲み物、鮮《あざ》やかな花が活《い》けられた器《うつわ》に囲まれるようにして、たくさんの男女が美しい服を纏《まと》い、思い思いに談笑している。

そんな中でファイサルの際立《きわだ》った容姿やアラブ服とともに、野暮《やぼ》ったい卓也までも視線を集めるようであったが、ファイサルはそんなことは全く気にしていないように会場内を見渡《みわた》した。

そしてすぐにある一点に目を留《と》めると、卓也にそちらを見るように促《うなが》す。

そこには、アルベールが立っていた。

どうやらそれが彼の身分の正装らしい格好をして、こちらに半ば背を向けるようにして主催《しゅさい》者《しゃ》らしき人物と談笑している。遠目でも上質とわかる濃紺《のうこん》の布地の上着には、詰め襟《えり》や肩《かた》、袖《そで》口《ぐち》に豪奢な金の刺繍《ししゅう》が施《ほどこ》され、胸にはいくつもの勲章《くんしょう》が配されているのがわかる。

そうしてまっすぐに背筋を伸《の》ばして立っている様は、息を呑《の》むほど凛々《りり》しく、まさしく王子という身分にふさわしく輝いてみえた。

アルベール、だ……。

その姿をひと目見たとたん、胸がいっぱいになるのがわかる。今さらそんな資格などないとわかっていても、ほんの少しでいい、こちらを見てくれるだけでいい。

卓也が焦《こ》がれるような気持ちで見つめていると、アルベールがふと、こちらに視線を流した。

突然《とつぜん》のことにぎくりと卓也がからだをこわばらせると、彼の方も、そういった場にいるにもかかわらず、珍《めずら》しく感情を顕《あらわ》にしたのがわかる。

一瞬《いっしゅん》信じられないものをみたかのように目を瞠《みは》り、すぐに苦いものを堪えるような表情をする。そして、さりげなく視線を外してしまう。

やっぱり、もう、僕なんか、見たくもないんだな……。

自業自得《じごう》とはいえ、これではっきりと、失恋《しつれん》だ。

卓也が思わず俯《うつむ》いてしまうと、隣《となり》でファイサルがため息をついたのがわかる。

『ったく……どこまで手間を取らせれば気が済むんだ。ほら、卓也、行くぞ』

アルベールの傍《そば》に行こうと促され、卓也は慌《あわ》てて引きとめなくてはと、後を追いかけた。

『えっ……ちょっ』

その瞬間、足が止まる。

アルベールの隣に、美しい女性が歩み寄っていたからだ。

長く波打つようなブルネットが艶《つや》やかな彼女は、溌剌《はつらつ》とした美しさにあふれ、薄《うす》い上品なブルーのドレスを見事に着こなしていた。襟ぐりから肩までを覆《おお》うような精緻《せいち》な刺繍が彼女の青い瞳《ひとみ》と透《す》き通るような肌《はだ》を引き立てていて、うっとりしてしまうような美しさだ。

そして彼女は、当然のようにアルベールの腕《うで》に手をかけて、彼の耳元に何かを囁《ささや》きかけていた。頬《ほお》を寄せるようにして話す彼らは、卓也たちの位置からでも、友人以上の親しさが感じられる。そしてなんと、アルベールが囁き返したとたん、それに応《こた》えるかのようにブルネットの美女が彼の唇《くちびる》に軽くキスを返すのが見えた。

ああ、もう本当に、終わりなんだ。

卓也は呆然《ぼうぜん》としてそう思った。

彼の周囲には、魅力《みりょく》的な人がたくさんいる。彼らが、アルベールを放っておくはずがない。

もう、彼の隣には、新しい恋人《こいびと》がいるのだ。

そう思い知ったとたんに、涙《なみだ》が噴《ふ》き零《こぼ》れそうに感じた。

卓也はファイサルの腕を振《ふ》り払《はら》って逃《に》げ出そうとしたが、それに気付いたらしいファイサルに、さらに強く抱《だ》き寄せられてしまった。

『あの……馬鹿』

それと同時に歯軋《はぎし》りするようなファイサルの呟きも聞こえて、卓也は弾《はじ》かれたように顔を上げる。すると彼が、まっすぐにアルベールを見据《みす》えているのがわかった。

そしてアルベールもいつの間にかこちらを見ていて、射貫《いぬ》くような眼差しでファイサルの視線を受け止めているのが見える。

そんなアルベールに宣言するかのように、ファイサルがゆっくりと口を開いた。

その横顔は、まるで誇《ほこ》り高い野生の獣《けもの》のように精悍《せいかん》で、猛々《たけだけ》しく、美しい。

『卓也は、俺がもらう。それを言いに来た』

彼がきっぱりとそう言うと、アルベールがほんのわずかに表情を動かしたのが見えた。そして今度は、ゆっくりと卓也の方を見やる。

しかし卓也は、もはや何かを言うような気力もなく、彼の視線を受け止めることすら辛《つら》かった。だからぎこちないながらも、逃げるように顔を背《そむ》ける。

するとファイサルが、かばうかのように抱き寄せてくれた。

『もういい。……行くぞ』

ファイサルの言葉に小さく頷《うなず》き、卓也は促されるままに歩き出す。足元がまったくおぼつかなくて、底無し沼《ぬま》の上を歩かされているような気持ちだった。ファイサルが隣にいなければ、そのまま崩《くず》れ落ちてしまったことだろう。

しかし今は、ありとあらゆることが、どうでもよかった。

卓也は裂《さ》けてしまいそうな気持ちを必死で堪《こら》えながら、ただ足を動かしていた。


しかし意外なことに、ファイサルに連れて行かれたのは美術館の出口ではなく、中庭らしき場所だった。

全体的に青々とした芝《しば》が敷《し》かれてよく手入れされているとはいえ、回廊《かいろう》自体に森の雰囲気《ふんいき》を与《あた》えるためか、周囲にはまるで森のように木々が生い茂《しげ》っている。一見、緑のトンネルといった風情《ふぜい》でつくられているため、木々の香《かお》りが豊かで爽《さわ》やかではあるが、全体的に鬱蒼《うつそう》として見通しが悪い。

『……ファイサル……？』

状況《じょうきょう》がよくつかめず、卓也は自分を抱き寄せたまま足を止めた男を見上げた。夕暮れが近づき始めた時刻のせいか、肌にあたる風がずいぶん涼《すず》しくなってきている。冷え始めた空気には、水の香りが混じったような心地《ここち》よさがある。しかし、そんなことでは慰《なぐさ》められないほど、卓也の心は乱れていた。

しかしファイサルは、こちらを見やって笑ってみせただけで、ゆっくりと抱き締《し》めてくる。求められているのだと気付いたけれど、抗《あらが》うことができなかった。彼の広い胸が温かく、優《やさ》しかったせいだ。痛みが少し溶《と》け出して、わずかに楽になれるような気がする。

さらに甘やかすように耳元で低く名前まで呼ばれてしまい、卓也は思わずため息をついた。

『すみません……僕、今、最低なことをしている。貴方《あなた》の気持ちに応えられないのに、動けません。ずるい。ごめんなさい……』

自分の情けなさに泣き出しそうになってしまうと、ファイサルにさらに深く抱き込まれた。まるで幼子をあやすかのように、優しくそっと囁いてくれる。

『馬鹿正直な奴《やつ》だ……こういうときは、黙《だま》って抱き締められていればいいんだ』

『……ごめんなさい……』

卓也は再び謝ったけれど、そのとたんにアルベールに対する気持ちがあふれ出てきてしまう。自分に好意を寄せてくれ、そのうえ守ってくれている人の胸で考えることではないとわかってはいたけれど、怒濤《どとう》のようなそれに押し流され、どうしようもできなかった。

アルベールのことが、好きだ。

もう、理屈《りくつ》などどうでもよかった。

たとえ勘違《かんちが》いだろうが、流されていようが、ひどい扱《あつか》いをされようが、身分違いだろうが、男同士だろうが……もう、どうでもいい。

ただ彼のことが好きなのだと、噛《か》みしめるように思った。

あの、青く澄《す》んだ瞳を独り占《じ》めしたい。

自分だけの方を向いて、自分のためだけに微笑《ほほえ》んで欲しい。

アルベールの、すべてが欲しい。

震《ふる》えるような気持ちで願ったとたん、もう一人の自分が冷静に顔を出す。

今さら、何を言ってるんだ。もう、遅《おそ》すぎる。

わかってるけど……でも。

できるものなら、このまま、小さい子供のように駄々《だだ》をこねてしまいたかった。両脚《りょうあし》を投げ出し、両腕《りょうで》をめちゃくちゃに振り回しながら、ぐずってしまいたい。それで、アルベールが手に入るものなら。

僕は何をやっていたんだ……!!

卓也は呻《うめ》くように頭を抱《かか》えて、過去の自分に毒づく。

チャンスは、たくさんあった。あのとき、自分の気持ちから目を逸《そ》らさずに、気付いて、受け入れていればよかったのだ。自分が、悪い。

頭ではわかっている。

でも、心が……全身が、叫《さけ》ぶ。

アルベールが、好きだ。彼の全《すべ》てが、欲しい。

…………アホか……。

そう自分を罵倒《ばとう》してみるけれど、全然、心は軽くならない。

そうやって自分を過去から引き剝《は》がして、少しでも楽になろうと思うのだけれど、それどころか、鼻の奥がつんとして、じわじわと涙が滲《にじ》んできてしまった。

もう、このまま泣いてしまいたい。

誰《だれ》かの胸で涙を流すなんて初めてのことだったけれど、もはや制御《せいぎょ》ができそうになかった。

卓也が震える息を小さく吐《は》き出したとき、ふと背後に足音が響《ひび》くのに気付く。

『……卓也！』

さらに信じられない声を聞き、卓也は弾かれたように顔を上げた。

おそるおそるそちらを見ると、そこには、アルベールが立っていた。

先ほどまで完璧《かんぺき》に着こなしていた礼服は乱れ、いかにも走ってきたのだとわかる。

さらにその表情は、卓也が今まで見たことがないほど、余裕《よゆう》を失っているように思えた。

そして卓也がファイサルの胸に抱かれているのを見ると、まるでからだの一部を引きちぎられたかのように、苦しげな表情を見せる。

なんで……今さら?

おかしな期待をしてしまうから、やめてくれよ。

もしかして、まだほんの少しでも自分に気持ちがあるんじゃないかと錯覚《さっかく》して、諦《あきら》めきれなくなってしまうから、やめてくれ。

卓也はそう心の中で叫んだけれど、言葉にはできなかった。

もはやぴくりとも動けず、卓也はただ、ファイサルに抱き締められたまま、アルベールを見つめ続けている。

『卓也……』

アルベールがまるで言葉を選びかねたというように、ただ名前だけを呼ぶと、ファイサルが深く息をついたのがわかった。卓也を深く抱き締めたまま、アルベールに向かって小さく唇の端《はし》を上げたのがわかる。

『今さら、何をしにきたんだ? 卓也は、俺がもらうと言っただろうが。邪魔《じゃま》をするな』

ファイサルの言葉にアルベールは苛立《いらだ》たしげな眼差《まなざ》しをしながら、どこか痛みを堪えるような表情をした。そしてゆっくりと、まるで赦《ゆる》しを乞《こ》うかのように、二人に向かって両手を開く。

『悪いが……やっぱり、諦めきれない』

『え……？』

咄嗟《とっさ》には意味がつかめず、卓也が驚《おどろ》いて見つめ返すと、アルベールはほんのわずかに覚悟《かくご》を決めたような表情をした。

『一応これでも、お前に振《ふ》られてから、忘れるように努力はしたんだ。何も考えなくていいように、毎日くたくたになるまで仕事をしたり、早く次の恋《こい》を始めればいいと、手当たり次第《しだい》に女の子を誘《さそ》ったりした。お前がいなくても楽しめるんだと、自分で自分を騙《だま》したかったんだ。今日も、その延長で女友達を連れてきた。だが……全てが無駄《むだ》だった』

アルベールはそこで言葉を途切《とぎ》れさせると、過去の自分を嘲《あざけ》るように唇《くちびる》の端に笑《え》みを滲ませた。そして次の瞬間《しゅんかん》、怖《こわ》いほど真剣《しんけん》な眼差しをすると、まっすぐに卓也を見つめる。

『お前がいないと、全てが虚《むな》しい。何もしてくれなくていい。ただ、俺の隣《となり》にいてくれればいいんだ。星に夢中になっていようが、月や太陽に心を奪《うば》われていようが……時々俺を振り返って笑ってくれれば、それでいい』

心の底から吐き出すような彼の言葉に、卓也は打たれたように立ち竦《すく》んでいた。驚いているのか嬉《うれ》しすぎるのか、感情が飽和《ほうわ》したように真っ白になってしまって、言葉が出ない。

それをどう受け取ったのか、アルベールはくしゃりと顔を歪《ゆが》めた。金髪碧眼《きんぱつへきがん》、気品があっていつもなら年齢《ねんれい》よりも大人びている彼の顔が、まるで途方《とほう》に暮れた子供のように稚《つたな》く、切なげに見える。そしてまるで射貫《いぬ》くように、縋《すが》るように、一心にこちらを見つめてくる。

『どうしようもないほど、お前のことが好きなんだ。お願いだから、俺にお前を愛させてくれ』

その瞬間、全身を突《つ》き上げるような強い気持ちに押し潰《つぶ》されそうになった。その激しさに、言葉の代わりに涙《なみだ》があふれそうになる。

それでも、その衝動《しょうどう》のままには動けない。からだの周りに自分を守るように回されているファイサルの腕を、都合よく、すぐに振り払《はら》うことなどできなかった。

『……ごめん……』

必死の想《おも》いで顔を上げると、漆黒《しっこく》の輝《かがや》きを湛《たた》えた眼差しがこちらを見つめている。艶《つや》やかな褐色《かっしょく》の肌《はだ》、精悍《せいかん》な顔だちの中で、それが優しく眇《すが》められたのがわかる。

『本当に、馬鹿《ばか》な奴だ……』

愛《いと》おしくて堪《たま》らないというようにファイサルは苦笑《くしょう》すると、あえて挑発《ちょうはつ》するかのようにアルベールを見やった。

『本気で、卓也に愛を乞うというのか？』

『そうだ』

アルベールもそれを真正面から受け止め、怖いほど真剣な眼差しを返す。

するとファイサルはそんなものなど歯牙《しが》にもかけないというように、鼻先で笑った。

『では、俺から力ずくで奪ってみせるんだな』

『……わかった』

アルベールは冷静に頷《うなず》くと、腰《こし》に挿《さ》してあったサーベルを当然のように抜き放った。

『ちょっ……アルベール!!』

午後の日射《ひざ》しにサーベルの白刃《はくじん》が閃《ひらめ》き、卓也は思わず悲鳴のような声を上げる。

しかしファイサルは面白《おもしろ》くなってきたとでもいうように軽く笑っただけで、卓也をそっと手放すと、自身も腰に挿してあった三日月形の長剣《ちょうけん》を抜いた。

現代において、決闘《けっとう》、それも本物の剣での果たし合いなど、時代錯誤《さくご》にもほどがある。馬鹿馬鹿《ばかばか》しい。それに、危ない。だからそんなこと、やめてくれ。

卓也はそう止めようとしたのだけれど、口を開こうとした瞬間に二人は切り結んでしまい、激しい斬撃《ざんげき》の音が鳴り響いた。

『ちょっと待って！　やめろよ、もう！　危ないから……！』

制止の声も虚しく、アルベールとファイサルは互《たが》いの剣で次々に打ち合い、攻防《こうぼう》を繰《く》り広げ始めた。鈍《にぶ》くて重い、ぞっとするような音が、激しく、何度も打ち合わされていく。

彼らの技量は素人目《しろうとめ》にも伯仲《はくちゅう》しているようだったから、卓也は急いで辺りを見やった。いくらなんでもこんな騒《さわ》ぎを続けていたら、誰かが気付いてやってきてしまう。そうすれば、色々とまずいことになるに違《ちが》いない。

なんとかして止めなければと思うけれども、どうしていいかわからない。無防備なまま割って入ってしまっては、卓也が斬《き》られてしまいそうだ。

そうは言ってもこのまま放っておくわけにはいかない。

『アルベール！　ファイサル！　もう…やめろーっ……!!』

半ば自棄《やけ》になったような気持ちで卓也がそう叫んだとき、鈍い音と同時にファイサルの長剣が宙を舞《ま》ったのが見えた。

アルベールが、彼の剣を叩《たた》き落としたのだ。

『……参った』

ファイサルが両手を挙げて、にやりと笑う。

そして卓也の方を見やると、芝居《しばい》っ気たっぷりに唇の端をあげて見せた。

『途中《とちゅう》から本気で奪おうと思っていたが、こうなっては仕方がない。だが、もしあいつに飽《あ》きることがあったら、俺のところに来いよ。今度こそ、愛してやる』

『……ありがとう』

道化《どうけ》になると言ってここまで連れてきてくれた彼のことだ。アルベールの気持ちを確認《かくにん》できさえすれば、本気で邪魔をする気持ちはなかったのだろう。

卓也がぽつりとお礼を言うと、ファイサルは苦笑した。

重ねてアルベールが礼を述べると、冗談《じょうだん》に紛《まぎ》らわせるように肩《かた》を竦めてみせる。そして足元に落ちた剣を拾うと、二人に向かってひらひらと手を振り、さっさと歩いて行ってしまった。

中庭には、アルベールと卓也だけが残される。

『卓也……』

いざ二人きりになってしまうとどうしていいかわからず、卓也は戸惑《とまど》ったままアルベールを見やった。するとアルベールは先ほどと同じく、まるで愛を乞うかのように、両手を広げてこちらを見つめる。

『ファイサルから、お前を奪った。だが、まだ、お前の気持ちを聞いていない。俺に、お前を愛させてくれるのか……？』

『……うん』

そう頷いたとたん、再び熱いような気持ちに胸を満たされる。

卓也は必死に泣き出さないように自分を抑《おさ》えながら、アルベールをまっすぐに見つめた。

『……僕も、好き』

そのとたんに、強い力で抱き締《だし》められた。

感に堪《た》えかねたように名前を呼ばれる。そして深々と、もう二度と離《はな》さないと誓《ちか》うかのように抱き込まれた。アルベールの香《かお》りと熱を帯びたからだに包まれ、全身から、幸福な気持ちがあふれてしまうように感じる。彼のからだにしがみつき、安心した子供のように泣きじゃくりたくなる。

するとアルベールの整った顔が寄せられ、存在を確かめるかのようにそっとくちづけられた。彼の唇が触《ふ》れたとたんに、ぞくぞくとするような熱がからだをはしったのがわかる。

『ン……ふ』

卓也は思わず熱っぽいため息を漏《も》らし、ぎこちないながらもアルベールのからだを抱き寄せた。唇同士が触れ合うだけで、痺《しび》れるような気持ちよさを感じる。堪《こら》えきれずに、ねだるようにくちづけ返すと、ちゅっと小さく音が鳴った。

『……っ』

反射的に我に返って恥《は》ずかしくなり、卓也が顔を俯《うつむ》けるように離れようとすると、アルベールが微《かす》かに笑ったのがわかった。

逃《に》さないというように唇を使われ、さらに深く愛されてしまう。

『んっ……ぁ……ふ……』

飲み込みきれない唾液《だえき》が口の端《はし》から滴《したた》ってしまい、熱く濡《ぬ》れた舌で口中をあます場所なく確かめられる。舌で捏《こ》ねられ、上顎《うわあご》を擦《こす》られて、全身が総毛立つように感じる。鎧《よろい》のようだったはずの理性は麻痺《まひ》したように消えてなくなり、卓也は夢中でアルベールのくちづけに応《こた》える。

すると可愛《かわい》くて堪らないとでもいうようにますます強く抱き締められて、卓也は胸を喘《あえ》がせた。キスはさらに深くなり、卓也は徐々《じょじょ》に立っていられなくなった。時折零《こぼ》れる荒《あら》い吐息《といき》は、どちらのものかわからなくなる。注ぎ込まれるアルベールの愛に、溶《と》かされてしまう。

『は、ぁ……』

とうとう全身の力が抜け切ってしまい、卓也が彼に寄りかかるようにすると、愛おしくて抑えきれないというようにあちこちにキスを落とされた。熱を帯びたアルベールの吐息が、囁《ささや》く。

『ああ、夢のようだ……あんなに焦《こ》がれたお前が、腕の中にいるなんて』

感に堪えかねたような声に、卓也も胸がいっぱいになる。しかしその一方で、すぐにはそれが信じられないような、切ないような気持ちになった。

すると、それに気づいたらしいアルベールが、優《やさ》しい眼差《まなざ》しで覗《のぞ》き込んでくる。

『……どうした？』

『あ……うん……』

卓也は俯きかけたけれど、アルベールの眼差しに励《はげ》まされるように感じて、顔を上げる。

『僕も、夢みたいだと思ったから……貴方《あなた》みたいな人が、僕のことを好きだと言ってくれるなんて、信じられない……これって、本当に、現実だよね……？』

縋《すが》るような卓也の言葉に、アルベールは一瞬驚《いっしゅんおどろ》いたように目を瞠《みは》る。そしてそこから切羽詰《せっぱつ》まったような卓也の気持ちを感じ取ったらしく、じわりと眉根《まゆね》を寄せてみせた。

『現実かどうかなどと……俺の言葉が信じられないというのか？　卓也、何がお前をそんなに不安にさせているんだ』

深刻さを滲《にじ》ませた彼の言葉に、卓也は困って視線を逸《そ》らした。しかし、すぐに額を寄せられるようにして促《うなが》され、唇《くちびる》を噛《か》む。

『だって……僕は、貴方に釣《つ》り合わないから……』

その言葉に、アルベールが心底驚いたように目を瞠るのがわかる。卓也は一気に恥ずかしいような気持ちになったけれど、そう感じてしまう自分を誤魔化《ごまか》してしまいたくはなくて、まっすぐにアルベールを見つめた。彼の眼差しが、ゆっくりと強くなるのがわかる。

『それは、誰《だれ》かに言われたのか？』

もしそうだとしたら絶対にその相手を赦《ゆる》さないというような厳しい表情に、卓也は慌《あわ》てて首を横に振《ふ》ってみせた。

『まさか、違《ちが》うよ……！　自分で勝手にそう思っているだけだ。僕は、貴方や周りの人たちみたいに……洗練されているわけでもないし、お洒落《しゃれ》でも、魅力《みりょく》的でもないから』

一気にそう言いきってしまうと、アルベールがさらに驚いたような表情をしたのがわかった。しかし彼の眼差しはすぐに和《やわ》らぎ、甘やかしたくて堪《たま》らないというようなものに変わる。

『馬鹿だな……そんなこと、俺たちの間に何の関係がある。少なくとも、俺がお前に惹《ひ》かれたのは、そんな下らない理由ではない』

『っ……じゃあ、なんで、あんなに乱暴にしたんだよ⁉　あの、インドの宮殿《きゅうでん》ホテルで、僕が格好を変えて、ファイサルと一緒《いっしょ》に帰ってきたとき‼』

思わずそう言い募《つの》ってしまうと、アルベールの表情が、一瞬《いっしゅん》にして変わったのが見えた。

卓也にしてしまったことを今でも深く悔《く》やんでいるような、そしてその一方で恥ずかしくて堪らないというような、いつになく複雑な表情をしたのだ。

思いもかけない彼の様子に、今度は卓也が目を丸くすると、アルベールはどう言い表せばいいのかわからないというように、言葉に詰《つ》まる。

『あのときは……本当に、すまなかった。口惜《くや》しくて、堪らなかったんだ』

『……くやしかった？』

予想もしていなかった言葉に卓也がきょとんとしてしまうと、アルベールは当時の自分を羞《は》じるように唇の端《はし》をほんのわずかに上げてみせる。

『恥ずかしいことだが、すっかり自分のものだと思っていたお前が、ファイサルなんぞの趣味《しゅみ》で変えられてしまったのを見て……独占欲《どくせんよく》にかられて、堪らなかった』

アルベールはため息をつくと、卓也の赦しを乞《こ》うように、こちらを覗きこんできた。

『簡単に言えば嫉妬《しっと》したんだが、情けないことに、あのときはそれがわからなかったんだ。あんな気持ちになったのは、初めてで……どうしたらいいのかわからなくなって、衝動《しょうどう》のまま、行動してしまった。すまなかった』

『嫉妬……って、今まで大勢の人と付き合ってきただろうに、感じたことがなかったのか？』

信じられないような気持ちで卓也が尋《たず》ねると、アルベールは照れたように苦笑《くしょう》してみせる。

『ああ、そうだ。あれほど激しい気持ちは、経験したことがなかった。生まれて、初めてだ』

アルベールはそう囁くと、まるでキスをねだるかのように、卓也の瞳《ひとみ》を覗きこんでくる。

『それにもちろん、これだけ誰かに恋い焦《こ》がれたのも、初めてだ。お前が傍《そば》にいてくれれば他《ほか》には何もいらないと、何にかけても誓うことができる』

甘く蕩《とろ》けるようなアルベールの眼差しに、卓也は再び溶かされそうになる。

『なんだ……じゃあ、僕がみっともない格好をしていたからじゃなかったんだ……』

思わず気が抜《ぬ》けてしまい、卓也がぽつりとそう零してしまうと、アルベールの青い瞳がますます濃《こ》く、美しくなったような気がした。

『そんなことはありえないと言っただろう。卓也がどんな格好をしていたとしても、俺の愛は変わらない。そのままのお前が、好きなんだ』

アルベールは改めて謝りたいと、真摯《しんし》な表情を浮《う》かべる。

『あのときは、本当に、悪かった。無礼な振る舞《ま》いを赦してもらえるだろうか？』

『……うん。僕の方こそ、突《つ》き飛ばしたり、色々……ごめんなさい』

卓也が律儀《りちぎ》に謝り返すと、アルベールは可愛らしくて堪らないというような笑《え》みを浮かべた。

『愛しているよ、卓也。ずっと俺のそばにいて欲しい』

『うん……僕も……』

胸がいっぱいになって喘ぐように言葉を返すと、悪戯《いたずら》っぽく笑ったアルベールに眼差しだけで足りないと告げられた。甘く蕩けるような吐息で、『愛している』と言葉にするよう促される。

『っ……あい、してる』

生まれて初めて使う言葉に、卓也は思わず声を震《ふる》わせてしまう。

するとアルベールは輝《かがや》くような笑顔を見せて、互《たが》いの気持ちを誓《ちか》うようにくちづけてきた。

もはやそれに応える余裕《よゆう》すらなく、甘く感じて、痺れてしまう。

『……俺が泊《と》まっているホテルに行こう。もっとお前と、愛し合いたい』

『……うん……』

熱を帯び続けるようなキスの合間に囁かれて、卓也は恥ずかしくて堪らないような心地《ここち》ながらも頷《うなず》いてみせたのであった。


美術館の中庭を横切り、彼が乗ってきたという公用車まで移動する間も、アルベールは卓也を抱《だ》き寄せ、放してくれなかった。

濃厚《のうこう》なキスのせいで足元がおぼつかないということもあったのだけれど、誰かに見られたらどうなるのかと思うと、気が気ではない。

卓也はそう言ってアルベールから離《はな》れようとしたのだけれど、当の本人は大したことではないとでもいうように小さく笑っただけで、全く放してくれようとはしなかった。

『もう暗いし、酔《よ》いつぶれた友人を連れているくらいにしか思われないだろう。そんなことより、せっかくお前を手に入れたんだ。もう二度と、放したくない』

情熱的にそう囁かれてしまうと、抗《あらが》いきれずについ流されてしまう。

卓也が小さくため息をついたとき、目の前に黒塗《くろぬ》りの高級車が音もなく滑《すべ》り込んできた。アルベールが連絡《れんらく》して呼び寄せた公用車だ。

運転手が後部座席のドアを開けようと出てくるのを制して、アルベールが自ら卓也をエスコートする。

そして卓也が後部座席に乗り込むと、続いて入ってきたアルベールの指示により、運転席との境がゆっくりと黒いガラスで仕切られていくのが見えた。

『凄《すご》いな……』

後部座席の全《すべ》ての窓にも黒いフィルムが貼《は》られているし、いかにも王族仕様の高級車という雰囲気《ふんいき》に、卓也が思わず感嘆《かんたん》の声を上げると、隣《となり》でアルベールが小さく笑ったのが聞こえた。

『いや、だって……』

卓也が照れて言い訳をしようとそちらを向いたとたんに、くちづけられる。

『ンっ…やっ……』

なんとか抗おうとしたけれど、そのままのしかかるように愛されてしまい、力が入らなくなったからだは難なくシートに押し付けられてしまう。

それでもなんとか咎《とが》めるように声を上げると、くちづけの合間にアルベールが微《かす》かに笑ったのがわかった。

『前に、人、いるのに……！』

『気にするな。防音になっているし、向こうからは見えない』

『ちょっ……』

そうかもしれないけれど、そういう問題じゃない！

卓也はそう言い返したかったのだけれど、甘く唆《そそのか》すように耳元にキスされてしまうと、ついぴくんと反応してしまった。可愛《かわい》くて堪らないというように低く笑われ、そのまま何度も愛されてしまうと、抗いきれなくなってしまう。

『ほら……いいだろう？　卓也……』

仕方ない……か？

蕩けるような低い声でねだられてしまい、卓也は内心でため息をつきながらも、くちづけに応《こた》えた。アルベールの青い瞳が満足そうに眇《すが》められ、そうしているだけで気持ちが満たされていくのがわかる。

すごい……気持ちいい……。

何度か互いの気持ちを確かめ合うようなキスを交《か》わしながら、卓也は熱いため息を漏《も》らす。

すると、ぞくりとするような感覚に襲《おそ》われた。いつの間にか、シャツを引き出されて、わき腹から手を入れられたのだ。

『やっ……』

そのまま胸まで手を這《は》わされて、卓也は思わず身を捩《よじ》る。

しかしアルベールはただ笑みを深めただけで、手を止めてはくれなかった。そしてその指先は胸の尖《とが》りまでのばされ、卑猥《ひわい》な形に押し潰《つぶ》されてしまう。

『ぁっ…やめ……』

かつて数回弄《いじ》られただけだというのに、そうされただけでもどかしいような快感を覚える。

卓也はついびくびくとからだを震わせてしまいながら、反射的に腰《こし》を蠢《うごめ》かせてしまった。

すると、低い笑い声とともに、両方の粒《つぶ》を玩《もてあそ》ばれる。

『アっ、は、ぁんっ……』

堪《こら》える間もなく女の子のような声を漏らしてしまうと、アルベールが満足そうに喉奥で低く笑ったのがわかった。ご褒美《ほうび》だというように、再び深くくちづけられる。

『っ……ぁっ……ぅんっ……』

くちづけによって愛されながら、からだのあちこちもまさぐられてしまい、卓也はもたらされる快感に耐《た》えかね、反射的にからだをのけぞらせた。

それと同時に車が大きく左に曲がり、二人はゆっくりとシートに倒《たお》れ込むことになった。

余計な負担をかけないように気遣《きづか》いながらも、アルベールのからだが重なってくる。

礼服の上からでも引き締《し》まっているとわかる彼の重みや、いっそう強く感じられるようになった彼の香《かお》りに、狂《くる》おしいような愛《いと》おしさを感じて、卓也は胸を詰《つ》まらせた。

このまま、愛し合ってしまいたい。

つまらない理性などはかなぐり捨てて、もっと深くアルベールと繋《つな》がりあってしまいたい。

全身を突き上げるようなそんな気持ちに、卓也は我ながら恥《は》ずかしく思ったが、互いの腰が触《ふ》れ合ったことで、少し楽になった気がした。

太腿《ふともも》の辺りを掠《かす》めたアルベールのものも、はっきりと硬《かた》くなっていたからだ。

『卓也……』

アルベールの方も、十分に兆《きざ》している卓也のものに気付いたのだろう。

ますます熱っぽく発情したような声音《こわね》で、甘く唆すように卓也の名前を呼んだ。アルベールの手によって太腿を抱《かか》え上げられ、卑猥な形に押し広げるように腰が入れられたのがわかる。

『あ……は、ぁあ……っ』

何度もくちづけられながら、胸の尖りを蕩《とろ》けてしまいそうなほどに愛されてしまう。

さらにゆっくりと、互いのものを擦《こす》り合わせるように腰を使われ、卓也は仰《の》け反るように腰を震わせてしまった。

するとその刺激《しげき》により霞《かす》み始めた視界の中で、アルベールが満足げに唇《くちびる》の端《はし》を上げたのが見えた。端整《たんせい》な顔立ちに発情した野生の牡《おす》のような猛々《たけだけ》しさが滲《にじ》み、その壮絶《そうぜつ》な色気にじわりと瞳《ひとみ》が潤《うる》んでしまうのがわかる。

『……っ』

卓也が思わず喉《のど》を喘《あえ》がせると、まるで獣《けもの》が味見をするように、ねっとりと舌を這わされた。

そして、まるで擬似《ぎじ》セックスのように、ゆっくりと腰を動かされる。布越《ぬのご》しにもはっきりとわかるアルベールの硬く張りつめたものが、いやらしく自身に擦《こす》り付けられて、震え始めた両腿が、はしたない形に開いていってしまう。

『ぁ……』

自らの痴態《ちたい》が恥ずかしすぎて、卓也が腕《うで》で顔を隠《かく》そうとすると、小さく笑われ、手首を掴《つか》むようにして外されてしまった。そのまま上に縫《ぬ》いとめられて、ますます恥ずかしくなる。

『や……』

泣きたいような気持ちで卓也が顔を背《そむ》けると、アルベールの青い瞳に覗《のぞ》きこまれる。

『なぜだ？　凄く可愛らしいのに』

『そ…んなこと、言うなっ……！』

からかうようなその口調に、ますます涙《なみだ》が滲《にじ》んでしまう。

するとぺろりと眦《まなじり》を舐《な》められ、唆すような低い笑い声がした。

『そうやって恥ずかしがるところがまた可愛いが、そうは言っても、感じているのに変わりはないぞ。ほら……こんなに膨《ふく》らんでいる』

『ぁうっ……』

思い知らせるようにぐりぐりと彼のもので自身を擦られ、卓也はその甘過ぎる異物感に腰を震《ふる》わせた。するとアルベールは満足げな低い笑《え》みを零《こぼ》しながら、こめかみや眦、耳元などに情熱的にくちづけてくる。

『本当に可愛らしくて堪《たま》らないな……できることなら、今このまま、お前を犯《おか》してしまいたい』

『……っ』

熱を帯びた囁《ささや》きに、卓也の腰がまるでそれを望むようにぴくんと蠢いてしまうのがわかった。

『違《ちが》っ……』

我ながら信じられないその反応に、卓也が泣き出しそうになると、アルベールは優《やさ》しく宥《なだ》めるようにくちづけてくれる。

『別に、恥ずかしいことじゃない。むしろ、俺はそうして欲しいんだ』

アルベールは小さく笑いながら囁くと、唆すように卑猥に腰を蠢かせ始める。

『ほら……卓也、お前も俺を愛してくれ』

『……っ……は、ぁっ……』

もう、我慢《がまん》できない。

卓也はぎこちないながらも腰を振《ふ》り始めた。尻《しり》がシートに擦れる感触《かんしょく》にさえ煽《あお》られてしまい、視界がますます霞み始めるのがわかる。

　すると視線の先でアルベールが嬉《うれ》しそうに青い瞳を眇めるのが見えた。

　そのとたんに、ぞくぞくとするような熱が腰骨《こしぼね》を伝う。恥骨《ちこつ》を焼くような痺《しび》れに全身を震わせると、アルベールがご褒美だというようにくちづけてくれる。自身のものが硬く張りつめ、下着が濡《ぬ》れていくのがわかった。もったりとした透明《とうめい》な滴《したた》りが、自身を伝って後ろまで濡らし始める。

『……ア…ルベール、アルベールっ……』

　もどかしいながらも理性まで焼ききれてしまいそうな感覚に襲われ、卓也は怖《こわ》くなってアルベールの名を呼んだ。すると縫いとめていた手が外され、彼のからだにしがみつかせてくれる。

　そのとたんに安心したせいか、全身を突《つ》き上げるような快感が生じて、卓也はますます夢中になってしまう。

『あ……アルベール、好き、すきっ……！』

　衝動《しょうどう》のまま、うわ言のように繰《く》り返すと、アルベールの動きもさらに激しくなる。

『卓也、卓也……愛している……っ』

『ぼくもっ……』

　二人は強く抱《だ》き締め合ったまま、何度もくちづけを交わしたのであった。

その情熱はアルベールの宿泊《しゅくはく》しているホテルに着いても変わることがなかった。

彼はいかにも一国の王子らしく、超高級《ちょうこうきゅう》ホテルの最上階、ペントハウスに滞在《たいざい》していたのだが、その直通エレベータの中でも、ひと気がないのをいいことに、抱き合ったままくちづけあったり、互《たが》いのからだを確かめ合ったりと、散々愛を交《か》わしてしまったのだ。まさに発情と呼ぶにふさわしく、全身が燃えるように感じられて止まらない。

それは部屋のドアを開けたとたんに制御《せいぎょ》できないほどになり、二人はもつれ合うようにしてベッドまでたどり着いた。

そこだけで卓也の部屋の三倍はありそうな寝室《しんしつ》は、オフホワイトとダークブラウンを基調としてしつらえられている。大きな窓のあるテラス側に寄せるようにキングサイズのベッドが置かれ、その周囲には上品な深紅《しんく》の布が張られた長椅子《ながいす》や、大ぶりの鉢《はち》に零《こぼ》れんばかりに活けられた鮮《あざ》やかな花々、洒落《しゃれ》たデザインのライトが配されていた。照明が最小限に絞《しぼ》られているため、部屋の隅《すみ》は闇《やみ》に溶《と》けて、親密で雰囲気《ふんいき》のある空間が演出されていた。

しかし卓也にはあたりを確かめる余裕《よゆう》などなく、アルベールに流されるまま、広いベッドに倒れ込む。

もはや理性などは完全に吹《ふ》き飛んでいて、もう待てないというように、互いの服を脱《ぬ》がせあった。何にも隔《へだ》てられることなく、一刻も早く、抱き合いたい。

そうしている合間も、ひっきりなしにくちづけあって、互いを確かめ、愛し合う。

まだ慣れない卓也にとって、アルベールの纏《まと》っている礼服は脱がせ難《がた》い。

そのためかなりもたついてしまうと、アルベールが宥めるようにくちづけてきて、からだを起こしてしまうのが見えた。

口惜《くや》しいような淋《さび》しいような気持ちで唇を噛《か》むと、彼は卓也を跨《また》ぐように膝立《ひざだ》ちをして、鮮やかに礼服を脱ぎ捨ててしまう。アルベールの厚い胸や引き締まった腹、削《そ》ぎ落とされたような腰《こし》のラインが、息を呑《の》むほど艶《つや》めいて見えた。

卓也が胸を喘がせると、アルベールは唇の端を上げるようにして微笑《びしょう》し、自身の前を寛《くつろ》げてしまう。引き下げられたその場所からは、太く逞《たくま》しい彼のものが、腹につきそうなほど隆々《りゅうりゅう》と反り返っているのが見えた。艶めかしい橙色《だいだいいろ》の光によって、アルベールの引き締《し》まったからだに黒々とした陰翳《いんえい》が映る。

『あ……』

今まで彼としたことがあっても、ここまではっきりと見ることはなかった。

そのため、卓也は思わず声を漏《も》らしてしまう。するとアルベールはにやりと笑って、卓也の前にも手を伸《の》ばしてきた。滑《すべ》る下着の感触に、先ほどから自身が吐《は》き出してしまっていることを思い出し、卓也は慌《あわ》てて拒《こば》もうとする。

『や、自分で……』

しかし一瞬《いっしゅん》早く引き下ろされてしまい、卓也は外気に触《ふ》れる感触で、いかに自分が大量に吐き出してしまったのかを思い知らされる。

恥《は》ずかしさのあまり腿《もも》を閉じようとすると、アルベールが低く笑ってそれを阻《はば》んだ。

『一人でこんなに濡らしているなんて、いやらしいな……』

『や……あ、ぁ、ぁっ……』

もはや隠すことなど何もないと示すように、しとどに濡れたそこを、ゆっくりと指先で確かめるように愛撫《あいぶ》された。勃《た》ちあがっている自身の裏からその付け根、二つの袋《ふくろ》から蟻《あり》の門渡《とわた》り、さらに後ろの入り口までと、唆《そその》かすように柔《やわ》らかく、アルベールの指がなぞっていく。

『は、ぅ、ンっ……!!』

最後につぷりと指先を埋《う》められ、卓也は激しく全身を反り返らせた。そのままそこを慣らすように指を使われてしまうと、もどかしさにおかしくなりそうになる。自身の先から、また新しい滴りが噴《ふ》き出てしまうのがわかる。

すでにたっぷりと濡れていたせいか痛みはなく、甘過ぎる刺激《しげき》だけが卓也を襲《おそ》った。それを少しでも逃《のが》したいと、腰が微《かす》かに揺《ゆ》れ始めてしまう。

するとアルベールが青い瞳《ひとみ》に熱を宿して、内腿の筋にくちづけてくれた。張りつめたそこを柔らかな舌でちろりと舐めるように愛されて、ますます堪らなくなる。

『や、あっ……』

卓也が身を捩《よ》じるようにしてシーツに艶《なま》めかしい皺《しわ》を作ると、アルベールが低く喉奥で笑ったのが聞こえた。

『卓也……わかってやっているのか？　中がひくひくとして、いやらしく俺を引き込もうとしているぞ』

『……そんなこと、言うなよっ……』

卓也はそう抗《あらが》ったけれど、びくびくと腰は揺れてしまい、堪らなくなる。それと同時に、もっと濃厚《のうこう》に愛されたいと焦《じ》れるように奥が引き絞られるのがわかってしまい、卓也は恥ずかしさに逃《に》げ出したくなった。それでも、もう、堪《こら》えきれない。

羞恥《しゅうち》に全身を焼かれるように身悶《みもだ》えながら、卓也はおずおずとアルベールに向かって腕《うで》を伸ばした。

『も、いいから……』

するとアルベールは一瞬驚《いっしゅんおどろ》いたように目を瞠《みは》ったが、すぐに可愛《かわい》くて堪《たま》らないというようにその眼差《まなざ》しを蕩《とろ》けさせた。唇《くちびる》の端《はし》が悪戯《いたずら》っぽくゆっくりと上がり、焦らすように覗《のぞ》き込まれる。

『何？』

『……もうっ……』

からかわれている。卓也は真っ赤になって顔を背《そむ》けたが、そのとたんに突き入れられている指を増やされ、焼きつくような快感に思わず内腿を押し広げてしまう。

『あぅっ……も……お願いだから、もう……！』

感じる場所をぐりぐりと嬲《なぶ》られ、卓也は半ば涙目《なみだめ》になってアルベールを見つめる。

すると彼は少し困ったような笑《え》みを零して、軽く卓也にくちづけてきた。

『俺としてもそうしたいが、今すぐはだめだ。これじゃお前を壊《こわ》してしまう』

熱っぽい吐息《といき》で囁《ささや》かれるだけで、腰骨が溶けるように感じてしまう。

もじもじと揺れる腰に唇を噛みながら、卓也は縋《すが》るようにアルベールを見つめた。

『こわしても、いい、からっ……も、はや、くっ……』

『……っ』

そのとたん、アルベールがぶるりとからだを震《ふる》わせる。

そして仕方がないというように苦笑《くしょう》を浮《う》かべて、空いている方の手でゆっくりと卓也の唇をなぞった。親指の腹で唆すように下唇を捏《こ》ねられる。

『悪い子だな……ここを使って俺のものを濡《ぬ》らせるか？』

これからさせられることを知って卓也は頬《ほお》を上気させたが、まっすぐにアルベールを見つめたまま、小さくはっきりと頷《うなず》いてみせる。そして反射的に、彼の親指を舌でちろりと舐《な》めてしまった。するとアルベールは嬉《うれ》しそうに青い瞳を眇《すが》めて、親指を含《ふく》ませてくれる。

『……っ……ふ』

ぎこちないながらも卓也がそれに舌を絡《から》ませると、唆すように口内を愛撫された。

そして卓也を抱き込むようにして体勢を入れ替《か》えると、あふれるような愛を示すようにくちづけてくれる。

卓也はそれに応《こた》えながら、勇気付けられたように感じて、促《うなが》されるまま、彼の方に尻《しり》が向くようにアルベールのからだに跨《またが》る。

そのとたんに再び後ろを押し広げるように熱く濡れたものを感じ、卓也は反射的に全身を波打たせた。そこをさらに慣らすために、舌を入れられたのだ。

『ぁっ……あぅ……！』

自身の先から、再び何かが迸《ほとばし》るのがわかる。

ぐにぐにと入り込んでくるそれに煽《あお》られ、卓也はからだを支えることができなくなってしまう。腰だけを上げさせられた卑猥《ひわい》な格好を思うとどうしていいかわからなくなりそうだったが、もはや抗うこともできず、感じるままにぶるぶるとからだを震わせてしまった。

するとその痴態《ちたい》に感じたのか、目の前のアルベールのものがますます猛《たけ》ったのがわかった。先端《せんたん》に滲《にじ》んでいた涙のような透明《とうめい》な粒《つぶ》が、小さく膨《ふく》らみ、ゆっくりと滴《したた》っていくのが見える。

ああ、アルベールも感じてくれてるんだ……。

その瞬間《しゅんかん》、突《つ》き上げるような欲望を感じてしまい、卓也は衝動《しょうどう》のまま、それに小さくくちづけてしまった。そのとたんにぴくりと彼のものが蠢《うごめ》き、ますます無性《むしょう》に愛《いと》おしくなる。

『卓也……』

ねだるように笑みを含んだアルベールの声にも励《はげ》まされて、卓也はそっとそれを銜《くわ》えた。

そのとたんに口の中には癖《くせ》のある匂《にお》いと味が広がったけれど、それすらなんだか嬉しいような気がした。どくりと脈打つ彼のものに煽られてしまい、卓也は両腿を擦《こす》り合わせてしまいたくなる。

それでもなんとか、かつて彼にしてもらったことを思い出すようにして舌を使うと、彼のものがますます大きくなるのがわかった。銜えきれないその逞しさに、頬の粘膜《ねんまく》や上顎《うわあご》をいやらしく擦られてしまう。

『……っ……』

アルベールが、自分の口で感じてくれている。

そう思ったとたんに達しそうになってしまい、卓也はびくびくと内腿の筋を震わせた。

すると、アルベールの指で根元を引き絞《しぼ》られてしまう。

『っ……やだっ……！』

もはや本能のまま、吐き出したいと腰《こし》を振《ふ》ると、苦笑する気配とともに、宥《なだ》めるように尻たぶにキスを落とされた。

『悪いが、今は一緒《いっしょ》に行きたい。もう少しだけ、我慢《がまん》してくれ』

『……っ』

そんな刺激にすら煽られてしまい、がくがくと卓也が頷いてみせると、アルベールは何を思ったのか、今度は低い笑い声を漏らして、同じ場所に歯を立ててきた。まるで野生の獣《けもの》がじゃれるように何度も甘く噛《か》みつかれて、卓也は悲鳴のような喘《あえ》ぎ声を漏らす。

『やっ、それっ……やめっ……』

怖《こわ》いような快感に、卓也はぐずぐずになってしまう。再びねだられるままアルベールのものを口に銜えて、後ろにさらに指を増やされる。前も後ろも突き入れられて擦られながら、時折舐められ、さらに尻まで噛まれてしまって、まるで獣のようだと泣き出したくなる。羞恥と良さでぐしゃぐしゃになって、わけがわからなくなってしまう。

そうして全身が溶《と》けてなくなってしまうように感じ始めた頃《ころ》、ようやくアルベールが指を抜《ぬ》き取ってくれた。

突然《とつぜん》の喪失《そうしつ》に、そこが切ないように引き絞られていくのがわかる。

『ぅ……んっ……』

しかし、もはや蕩けたようになっている頭では、どうしていいのかわからない。

さらにアルベールの支えを失い、卓也はなす術《すべ》もなくベッドの上に転がった。とろりとした視線を向けると、彼が愛おしくて堪らないというような眼差しをして、ゆっくりとくちづけてくる。

アルベールの重みを味わいながら、卓也が彼の背中に手を回そうとすると、もう少し待てというように、額にキスを落とされた。

そして両腿を抱《かか》え上げられ、彼の熱く逞《たくま》しいものがゆっくりと押し当てられるのがわかる。

『あっ…は、ぅ、あぁんっ……！』

丹念《たんねん》に解《ほぐ》されたそこは、熱を帯びるほど蕩けきっているため、痛みなどは何もない。

それどころか全身を嘗《な》め尽《つ》くすような甘く濃厚な官能だけがもたらされたから、卓也はからだが浮き上がってしまうほど背を仰《の》け反らせた。アルベールの下腹がそこに当たって、最後まで挿《い》れられたのがわかる。アルベールの指で根元を引き絞られていなかったら、確実に吐《は》き出してしまっていたことだろう。

アルベールが自分の中に入っている。

自分と彼が、繋《つな》がっている。

彼の熱く焼けるような脈動が、自分の奥深くに与《あた》えられている。

そう思っただけで達しそうになって、卓也はゆるゆるとシーツを波打たせるように頭を振って、胸を喘がせた。

それでも、まだ、上半身が離《はな》れているようで淋《さび》しい。

卓也がおずおずとアルベールに向けて腕《うで》を伸《の》ばすと、彼の青い瞳《ひとみ》が蕩けるように濃《こ》くなったのが見えた。しっかりと深く卓也を抱《だ》き締《し》めるようにして、たっぷりとくちづけてくれる。

角度が変わったものに煽られ、卓也は甘い悲鳴を上げたけれど、それはすぐにアルベールのキスに呑《の》み込まれてしまった。

『卓也、愛している……』

情熱的なキスとともに誓《ちか》うようにそう囁かれて、卓也は思わず涙ぐみそうになってしまう。

『……お前は……？』

冗談《じょうだん》めかしてはいるものの、ふと不安げな表情が彼の瞳を横切ったのに気づき、卓也は慌《あわ》てて口を開く。

『もちろん、ぼくも……愛してる。もう二度と、離れたくない……！』

必死になってそう告げると、アルベールは甘過ぎるものを堪《こら》えるような、見るものを蕩かすような幸せそうな笑《え》みを零《こぼ》す。

そんな彼の表情に、卓也は幸福で胸が詰《つ》まるような気がした。それと同時に、内部が複雑に蠢いたのがわかる。

『ぁっ……』

思わず吐息《といき》を漏《も》らしてしまうと、アルベールがますます甘い表情をしたのが見えた。

『もう、いいようだな……』

『ぁっ、ぁあっ……』

アルベールの腰がゆっくりと動き出し、卓也はもどかしいようなその熱に内腿《うちもも》を押し広げるようにして彼を迎《むか》えた。卑猥な動きだとわかってはいても、もう、止められない。

発情して火照《ほて》ったような内側をアルベールの熱で擦られ、捏ねられるだけで腰が焼けるような気がした。

もはや声を抑《おさ》えることもできず、ひっきりなしに荒《あら》い吐息や甘い喘ぎを漏らしていると、アルベールの動きがどんどん強く、いやらしくなっていくのがわかった。

悶《もだ》える卓也を押さえつけるようにして、抉《えぐ》るように腰を使う。強く突き入れ、感じる場所を容赦《ようしゃ》なく擦って痙攣《けいれん》させる。あまりに激しい快感のせいか、感じる場所がそこだけでなく全身に広がってしまうようで、アルベールのからだから滴ってくる汗《あせ》や、シーツに擦《こす》れる刺激《しげき》にさえ、甘い悲鳴を上げてしまう。

『あっ、あっ、あぁっ、ぁあっ……!!』

何度も達してしまったような感覚をおぼえるけれど、堰《せ》き止められてしまっているせいで、吐き出すことができない。そのせいでもの狂《ぐる》おしいような絶頂感がもたらされ、卓也は思わず絶叫《ぜっきょう》してしまった。

『ぁっ、もっ、やだっ……達《い》きたい、いかせて……!!』

その瞬間にからだの奥でアルベールのものがいっそう大きく膨らみきったように感じて、卓也はますます甘い悲鳴を上げる。

さらにアルベールの動きが激しくなり、卓也も夢中になってそれに合わせた。

『卓也、愛している……お前が、欲しい……!』

『っ、僕もっ……ぼくもっ……』

全《すべ》てを奪《うば》うように激しく強く突き上げられながらようやく縛《いまし》めを解かれ、卓也は乱れきった痴態をさらに晒《さら》してしまうように、めちゃくちゃにからだを波打たせたのであった。


眩《まばゆ》い光に起こされるように、卓也はゆっくりと目を覚ました。

しかしとたんに、ぎょっとすることになる。

外国の男が、こちらを覗《のぞ》き込んでいたからだ。陽《ひ》に輝《かがや》くような金色の髪《かみ》、青く澄《す》んで気品に満ちた美しい瞳……アルベールだ。

卓也と視線が合ったことに気付くと、アルベールは見るものが蕩《とろ》けてしまいそうなほど甘い眼差《まなざ》しをして微笑《ほほえ》み、くちづけてくる。

『おはよう。あまりに気持ち良さそうに眠《ねむ》っているから、起こせなかった』

『ん……おはよ……』

まだ目が醒《さ》めきらないような心地《ここち》で何気なく答えてから、卓也は改めて我に返った。

今の台詞《せりふ》と眼差しによって、目覚めるまでずっと見つめられていたと気付いたからだ。

そう思ったとたんに恥《は》ずかしくなり、顔が真っ赤に染まっていくのがわかる。

『卓也……どうした？』

それに気付いたらしいアルベールが驚《おどろ》いたように目を瞠《みは》るのが見えて、卓也はぱくぱくと口を喘がせた。

『……もしかして、僕が起きるまでずっと見てたのか？』

しどろもどろになりながらもそう尋《たず》ねると、アルベールは悪戯《いたずら》な子供のような表情をして、嬉《うれ》しそうに笑った。

『あまりに可愛《かわい》らしい顔をして眠っているのが悪い。それによく考えたら、これまではいつもお前の方が先に起きていたじゃないか』

『そういわれれば、そうかも……』

全く気付いていなかったことを指摘《してき》されて、卓也はつい目を丸くしてしまった。

これまでにもアルベールと何回かベッドを共にしたことはあったけれど、いつも自然と先に目が覚めていた。

他人と一緒《いっしょ》に眠ることなどほとんど経験がなかったせいで、無意識の中でも緊張《きんちょう》していたのだろう。しかし昨夜はたっぷりと愛を確かめながら抱き合ったので、いつしか緊張も解れてしまったに違《ちが》いない。

それに、とにかく凄《すご》かったし……。

一度だけでは治まらず、当然のように何度も愛し合ってしまった。昨夜の痴態《ちたい》を思い出すだけで気が遠くなりそうだ。どうやってアルベールと顔を合わせればいいのか、わからなくなる。

あー…恥ずかしすぎる……ある意味、今も、消えていなくなりたい……。

卓也が思わず枕《まくら》に顔を埋《うず》めてしまうと、吹《ふ》き出すように笑ったアルベールに背後からのしかかられた。

『なぜ突然真っ赤になるんだ。そんな様子も可愛らしいが……もしかして、誘《さそ》っているのか？』

『ちっ…違《ちが》う！』

艶《つや》っぽい囁《ささや》き声とともに後ろから耳たぶや首筋あたりにキスを落とされてしまい、卓也は慌てアルベールを押しのけようとした。

そのとき、軽《かろ》やかなチャイムが響《ひび》く。

『えっ……!?』

何事かと驚いた卓也がからだを強張《こわば》らせると、アルベールが安心させるように頬《ほお》にくちづけてくる。

『ああ、侍従長《じじゅうちょう》だろう。一応公務で来ているから、今日のスケジュールの確認《かくにん》か、昨夜勝手に帰ってきてしまったことについての説教か』

アルベールはそこで言葉を切ると、少し照れたような複雑な表情をした。

『軽蔑《けいべつ》されるかもしれないが……さすがに仕事を頻繁《ひんぱん》には休めないから、つい公務にかこつけて来てしまったんだ。お前を諦《あきら》めなくてはと頭ではわかっていたんだが、もしかして雅俊のパーティに行けば会えるかもしれないと思うと、会いたくて気が狂《くる》いそうで……』

そのときの自分を思い出したのか、アルベールは切なさを堪えるように息をついた。しかしすぐに卓也の顔を両手で包むと、大切なものを確かめるようにキスを落とす。

『本当に、会えてよかった……愛している』

『僕も……』

卓也が思わずくちづけに応《こた》えてしまったとき、再び明るくチャイムが鳴った。今度は、二回。明らかにアルベールに用があるのだろう。たとえ眠っていたとしても、起こそうとしている。

『どっ……どうしよう。どこに隠《かく》れればいい!?』

我に返った卓也が慌《あわ》てると、アルベールは笑いを嚙《か》み殺すような表情をする。

『別に隠れる必要なんかない。卓也さえ嫌《いや》じゃなければ紹介《しょうかい》するから、そのままで……いや、やっぱり服は着てくれ。俺以外の誰《だれ》にも、お前の可愛らしい姿を見せたくない』

『いや……そういう問題じゃないよな？』

想像もしていなかった答えに卓也が半ば呆然《ぼうぜん》とすると、アルベールはそれ以外に何があるんだとばかりに軽く眉《まゆ》を上げて見せた。

『それなら、何が問題なんだ？』

『何って、それは……僕みたいな、しかも男とこんなことしてるってことが……一国の王子として、ありえないだろ!?』

卓也がそう口にしたとたん、アルベールは苦笑《くしょう》しながらもゆっくりと顔を顰《しか》めてみせる。

そしてまるで閉じ込めたいかのように卓也の両脇《りょうわき》に腕《うで》をつくと、幼い子供に言い聞かせるように顔を覗き込んできた。

『本来なら跪《ひざまず》いてプロポーズしたいところだが、この非常時だし、まだ指輪も無いからな』

アルベールは小さく笑うとその代わりだとでもいうように、卓也の左手を掬《すく》い上げて、その薬指にキスを落とした。青い瞳《ひとみ》が、眩《まぶ》しいほどに真剣《しんけん》な光を帯びていくのがわかる。

そして、今まで聞いたことがないほど厳《おごそ》かな声でフルネームを呼ばれた。その先の言葉も、まるで誓《ちか》うようにまっすぐに真摯《しんし》な眼差しをして続けられる。

『……出会ってからまだ間がないから、信じられないのも無理はないのかもしれないが、本当に、君のことを愛しているんだ。君の、つまらない常識に囚《とら》われておらず自由なところも、学問に夢中になって瞳を輝かせているところも、すべてが、愛《いと》おしく感じる。傍《そば》にいて笑っていてくれるだけで、人生が豊かになるように感じる』

アルベールはそこで言葉を切ると、さらに情熱的に眼差しを強めた。

『確かに俺は王子だが、望んでその地位を得たわけではない。そのせいで君が手に入らないというのなら、捨てたって構わないんだ。まだ君の気持ちが固まらないというのなら、それでもいい。お願いだから逃《に》げずに、傍にいてくれないか』

まさにプロポーズのような彼の言葉に、卓也は一瞬《いっしゅん》、どう答えていいのかわからなくなる。

そのとき、三度目のチャイムが鳴った。今度は、何度も、うるさいほどに鳴らされる。

するとアルベールは苦笑を漏《も》らして、卓也の顔を覗き込んでくる。

『卓也、返事は？　こうなると侍従長はマスターキーを使って踏《ふ》み込んで来る。もしいい返事がもらえないのなら、このまま既成《きせい》事実を作ることにする』

『きっ、既成事実って……ぅんっ！』

そのまま犯《おか》したいとでもいうように、くちづけながらからだをまさぐられてしまい、卓也は慌てて抗《あらが》おうとした。しかし体格の差はいかんともしがたく、あっさりと手を封《ふう》じられて、ますます濃厚《のうこう》に愛されてしまう。

いつの間にかチャイムは止《や》んで、コンコンというノックと同時に、がちゃりと鍵《かぎ》が差し込まれる音が響いた。

『やっ……わかった、わかったからっ!!』

悲鳴のような卓也の叫《さけ》びに、アルベールが満足げに微笑んだのがわかる。

しかしそれだけでは手は緩《ゆる》めてもらえず、何者かが玄関《げんかん》となる部屋のドアを開けた音が聞こえた。この部屋はホテル最上階のペントハウスだからすぐには寝室《しんしつ》まで来られないだろうが、規則正しい革靴《かわぐつ》の音が、もう近くまでやってきているような気がする。

焦《あせ》るあまりにどう答えればいいのかわからなくなってしまい、卓也が涙目《なみだめ》でアルベールを見上げると、彼が愛おしくて堪《たま》らないというように唇《くちびる》の端《はし》をあげたのが見えた。

『病《や》めるときも、健《すこ》やかなるときも、俺と一緒にいることを誓うか？』

『ちっ…誓う……!!』

どこかで聞いたことがあるようなフレーズだとは思いつつも詳《くわ》しくは思い出せなくて、卓也はとにかく同意した。するとアルベールはますます笑《え》みを深めて、くちづけてくる。

『では、選択肢《せんたくし》を与《あた》えよう。服を着て侍従長に会うか、それともベッドの中に隠れるか？』

『ベッド！』

卓也が弾《はじ》かれたように答えたとき、寝室のドアがノックされる音が聞こえた。

『……アルベール殿下《でんか》！　お戯《たわむ》れもいい加減になされませよ。入室のご許可をいただけないのなら、失礼ながら開けさせていただきますぞ！』

おそらく壮齢《そうれい》の人物で、いかにも謹厳《きんげん》実直、忠実そうな侍従長の声がして、卓也は慌ててベッドの中に隠れる。それを手伝いながら、アルベールがふと笑みを浮《う》かべたのがわかった。

『今度の休みには、ぜひ我が国に招待したい。侍従長も口うるさいが、いい奴《やつ》なんだ』

『アルベール殿下！』

『……わかったから……早く!!』

押し殺したような声で急《せ》かすと、アルベールがますます笑みを深めたような気配がした。

そしてようやく、わざとうんざりしたような声を作ると、侍従長に入室を許した。

規則正しい革靴の音に続いて、昨夜のパーティをほったらかして帰ってしまったことに対する説教、本日のスケジュールの確認変更《へんこう》などが聞こえてくる。

一応なんとか誤魔化《ごまか》せたようだと思い、卓也は小さくため息をついた。

まったく……自分は何をやっているんだろう？

いったいどこからこうなったんだ？

人生が変わってしまいそうな気がして、ちょっとだけ、怖《こわ》い。

ついそんなことを考えてしまったが、そのときふと、侍従長に気付かれないようにこっそりと、アルベールの手がベッドの中に忍《しの》ばされてきたことに気付いた。

卓也のことを確かめるように触《さわ》られ、くすぐったいような気持ちになってしまう。

その延長でつい悪戯《いたずら》したいような気持ちにさせられ、卓也はちょこんと彼の手をつついてみせた。すると、逃がさないというように手を摑《つか》まれてしまう。

さらにそのまま、指同士を絡《から》めあうように手を繋《つな》がれてしまい、卓也は慌てるのと同時に、なんだか無性《むしょう》に嬉《うれ》しくなる。

まあ、いいか……。

切ないほどの幸福感に満たされ、卓也は内心でそう呟《つぶや》くと、アルベールの手を引き寄せた。

その温かさは包まれるようで心地《ここち》よく、卓也はついうとうとし始めてしまう。

とりあえず、この場は、隠しおおせた。これから先のことは、もう少ししてから考えよう。

どうあがいても、アルベールのことを好きになってしまった事実は、変えられない。

そして彼に求められるだけでなく、自分としても、彼とずっと一緒《いっしょ》にいたい。

卓也はそんなことを考えつつ眠《ねむ》ってしまったのだけれども、実際のところは、昨夜の情熱により玄関から点々と脱《ぬ》ぎ散らかされていた服のために、ベッドの中に誰かが隠れていることは明白であった。

さらにそれを見て、いつもの悪い癖《くせ》が出たと苦々しく思った侍従長に窘《たしな》められ、アルベールがあっさりと最愛の人を見つけたのだと告げてしまったことなど、卓也が知る由もない。

それによって、本当に、大きく人生が変わってしまうことになるのは、もう少し後、卓也が幸せなまどろみから目覚めてからのことである。

終わり

あとがき

こんにちは、もしくは、はじめまして。

まずは、お手に取ってくださってありがとうございました！

今回のお話は、「とにかくゴージャスな話にしよう！」と心に誓《ちか》ったところから始まりました。ゴージャスといえば王子様、というあたりが我ながら短絡《たんらく》的な気がしないでもないですが、前作の『貴族様と愛のワルツを』を書いたあたりから、王子様的世界が書きたいなあと感じていたので、その影響《えいきょう》もあったのかもしれません。諸事情により、今回では実現が難しかったのですが、色々と資料を調べるうちに各国様々な特権階級の生活にも興味を持ったので、いつかそういう世界も書けたらいいなと思います。

また、元々「様々なタイプの格好いい男子が一堂に会する光景」というのが好きで、一度はみっちり書きたいと思っていたので、本文中のアルベールとその友人達が同じテーブルを囲んでいる場面には、実は特別な思い入れがあります。願わくば、彼らについてもう少し書きたいくらい……。皆《みな》さんも気に入ってくださるといいのですが。

そんな図々《ずうずう》しい気持ちになってしまったのも、タカツキノボル先生が描《えが》いてくださったキャラが、とにかく素敵《すてき》だったからです……！　拝見したとたんに嬉《うれ》しくなって、担当さんと興奮してしまいました。担当さんはファイサル派だそうですが、私はいまだに選べません……。

タカツキ先生、お忙《いそが》しい中、本当にありがとうございました！　そして今回は、いつにも増してご迷惑《めいわく》をおかけしてしまって、申し訳ありませんでした……。素敵に描いてくださって嬉しかったです。よろしければ、またお願いいたします！

それから、担当さん。今回は、長いお休み中にも色々と動いてくださって、ありがとうございました！　新しいことにもお声かけいただき、いつも楽しませていただいています。力不足ではありますが、これからも頑張《がんば》っていきたいと思いますので、よろしくお願いします。

そして最後になってしまいましたが、ここまで読んでくださった皆さま。

本当に、ありがとうございました！　少しでも楽しんでいただけたとしたら、幸いです。

またお会いできることを、心から願っています。

この本に関《かか》わってくださった、全《すべ》ての方に感謝をこめて。

二〇〇九年　一月　　　　　　　　　　　　　　　　　真上寺しえ

KADOKAWA RUBY BUNKO

王子様《おうじさま》と恋《こい》のレッスン
真上寺《しんじょうじ》しえ

角川ルビー文庫 R101-10 15501

平成21年1月1日 初版発行

発行者———井上伸一郎
発行所———株式会社角川書店
東京都千代田区富士見2-13-3
電話/編集(03)3238-8697
〒102-8078
発売元———株式会社角川グループパブリッシング
東京都千代田区富士見2-13-3
電話/営業(03)3238-8521
〒102-8177
http://www.kadokawa.co.jp
印刷所———暁印刷 製本所———BBC
装幀者———鈴木洋介

ISBN978-4-04-450310-9 C0193 定価はカバーに明記してあります。

KADOKAWA RUBY BUNKO

角川ルビー文庫

いつも「ルビー文庫」を
ご愛読いただきありがとうございます。
今回の作品はいかがでしたか?
ぜひ、ご感想をお寄せください。

〈ファンレターのあて先〉

〒102-8078 東京都千代田区富士見2-13-3
角川書店 ルビー文庫編集部気付
「真上寺しえ 先生」係